É PRECISO
SABER VIVER

J. Ruy

1ª impressão — março de 2006

Capa, projeto gráfico e diagramação:
Carla Clark

Crédito da foto de capa:
Stock Photos

Revisão de texto:
Regina Elisabete Barbosa e Carmen Olivieri

Dados Internacionais de Catalogação na Publicação (CIP)
(Câmara Brasileira do Livro, SP, Brasil)

Ruy, J.

É preciso saber viver / J. Ruy. —
Ribeirão Preto, SP : Tecmedd, 2006.

ISBN 85-99560-05-0

1. Ficção brasileira I. Título.

06-1091 CDD-869.93

Índices para catálogo sistemático:
1. Ficção : Literatura brasileira 869.93

Editora Novo Conceito
Av. General Júlio Marcondes Salgado, 106
01201-020 — São Paulo — SP

Coisas acontecem com muitas pessoas. Cada indivíduo tem reações ou percepções de acordo com o momento que está vivendo ou até pela crença que lhe foi ensinada.

Este livro não defende nenhuma opinião, apenas narra o que aconteceu com o personagem e como ele reagiu à situação.

Há uma curiosidade embutida na mente de todos nós em decifrar o desconhecido. É mais fácil aceitar coisas estranhas quando vemos que elas acontecem com todos. Alguns tiram grandes lições; outros se prendem ao fato de não ter como explicar.

Seja qual for sua opinião a respeito desta narrativa, devo dizer: *você está certo.*

AGRADECIMENTOS

Agradeço ao Rony por ter tido a coragem de me contar em detalhes o que lhe aconteceu durante os 15 dias que passou na clínica.

Ao dr. Frederico e a dra. Cris, pela confirmação e ajuda quando solicitados.

E principalmente a dona Isaura que, com toda a sua idade, mostrou-me uma lucidez de fazer inveja.

J. Ruy

Sumário

Foram anos até que eu entendesse o que realmente comandava minha vida. E, quem não está no comando da própria vida, corre o risco de ficar à deriva pelo mundo, procurando explicações... Somos facilmente tomados por forças estranhas, dê-se o nome que quiser: energia, espírito etc.

Esta história é baseada em acontecimentos estranhos. Heranças de fatos que atravessam gerações e que, sem nenhuma explicação aparente, surgem aqui e ali, de forma repentina, provocando espanto, dor e transformando nosso momento de vida presente em memórias de outros que passam a comandar nossa realidade.

Aquela tarde ensolarada de um feriado de novembro era perfeita. Eu e Paola, minha mulher, formávamos um jovem casal e gozávamos de uma semana de férias com nossos filhos.

Voltávamos pela balsa que liga Guarujá a Santos, no litoral de São Paulo. O dia fora maravilhoso. Enquanto atravessávamos de volta para Santos, onde estávamos hospedados, eu brincava com meu filho de dois anos atirando migalhas de pão da borda da balsa no mar, com a intenção de atrair algum peixe, enquanto Paola, sentada no banco do carro, cuidava de nossa filhinha.

Já próximos do desembarque, peguei meu filho nos braços e andei por entre outros veículos até me aproximar da janela do nosso carro.

Nesse momento, algo violento pareceu ter entrado pela minha corrente sanguínea e percorrido todo meu corpo, concentrando-se no meu rosto, que queimava de dentro para fora, como a típica sensação de quem cora de vergonha.

Meu coração batia acelerado como o de um piloto na hora da largada. Meu estômago dava voltas como se eu tivesse terminado de descer de um looping duplo depois da ceia de Natal.

Aquelas eram sensações que eu conseguia explicar, mas o lado emocional já fugia ao meu controle — tinha vontade de chorar e sentia um forte sentimento de vazio.

A 450 quilômetros dali, na cidade onde eu residia, naquele exato momento, morria meu primo e grande amigo. Um jovem de 20 anos de idade que há apenas dois dias, ao nos despedirmos, me confidenciara: "Vou fazer como você. Encontrei minha alma gêmea:

vou casar". Olhei para ele e senti que estava falando sério. Lembro de ter respondido: "Vai firme, primo; dou a maior força!".

Como estávamos no início dos anos 80, seria impossível qualquer comunicação mais moderna naquele momento. Assim, não tínhamos (eu ou minha mulher) como saber de imediato que ele havia morrido.

Minha mulher, sem entender o que poderia estar acontecendo, colocou o bebê no banco traseiro, fazendo o mesmo com nosso filho de dois anos. Só me recordo de pedir que ela me levasse para nossa cidade, junto de minha mãe.

Assim que a balsa atracou, reclinei o banco do carona. Paola tomou a direção e, em vez de pegar a estrada como eu pedira e me levar até o interior de Minas (onde residíamos), rumou para o hospital mais próximo, ali mesmo em Santos.

Eu falava como se estivesse normal, mas me sentia destruído; o pior de tudo era que não conseguia explicar a ninguém o que realmente estava sentindo.

No pronto-socorro do hospital, uma médica me examinou e fez algumas perguntas, entre elas, se eu havia sofrido algum trauma nas horas que antecederam minha ida ao hospital. Garanti que nada ocorrera — a não ser o fato de que eu parecia estar enlouquecendo.

Ela tentou me tranqüilizar, dizendo que eu provavelmente estava com estafa. Depois de trocar algumas palavras com minha mulher, que cuidava das duas crianças, a médica explicou que me aplicaria uma injeção e que dentro de cerca de 15 minutos faria efeito. Eu dormiria por várias horas e depois acordaria bem. Também orientou Paola a me levar direto ao apartamento em que estávamos hospedados e me colocar na cama.Ao chegarmos ao prédio, recordo perfeitamente de ainda tê-la auxiliado a achar a vaga na garagem e ajudar com as crianças até chegarmos ao apartamento.

Tomei um banho, deitei, mas adormeci por menos de uma hora, e logo despertei totalmente confuso e dizendo como uma criança mimada:

— Quero minha mãe!

Minha mulher, apesar de ser jovem e estar sob forte pressão, conseguiu, com a ajuda de parentes dela que residiam em Santos, que um psiquiatra, naquela noite de feriado prolongado, me atendesse em sua clínica.

Lá chegando, conduzido por Paola, fui recebido pelo psiquiatra em uma sala bem decorada, mas como a luminosidade atrás dele era mais intensa, tive dificuldade em visualizá-lo.

Nosso primeiro diálogo foi mais ou menos assim:

— Diga, meu jovem, qual é seu nome?

— Rony Silva.

— Idade?

— Vinte e dois anos, doutor.

— De onde você é?

— Capitólio — completei. — Sul de Minas Gerais.

— Diga-me, sr. Rony, o que está acontecendo?

— Não sei, doutor. De repente, comecei a sentir algo estranho... — Antes de conseguir terminar a explicação, comecei a chorar e pedi: — Doutor, preciso ver minha mãe, me ajude pelo amor de Deus!

— Onde ela está? — perguntou.

— Em Minas. Lá em Capitólio. Preciso dizer uma coisa urgente a ela, e tem de ser logo!

— Por que não telefona?

— Não, tem de ser pessoalmente, se não ela nunca vai entender!

— Sabe, rapaz, você precisaria passar um longo tempo aqui. Mas sei que relutará em ficar; por isso, abreviaremos ao máximo o tratamento. Afinal, eu o conheço bem e o bastante, para saber como agir.

A observação feita por ele de que já me conhecia pareceu-me estranha, mas, na situação em que me encontrava, achei melhor não questioná-lo.

— É grave o que tenho, doutor?

— Bem — respondeu ele, sem tirar a mão da testa e o cotovelo da mesa —, começaremos amanhã às sete da manhã uma avaliação mais profunda. Vou lhe dar alguns comprimidos. Tome um agora e outro logo que chegar em casa; quanto a estes dois, peça à sua mulher que lhe dê amanhã, antes de vir para cá.

Contei a ele sobre a injeção que a médica aplicara poucas horas atrás.

— Não se preocupe — disse.

A conselho dele, tomei o primeiro comprimido ali mesmo. Não sei nem como se chamava, mas minha língua adormeceu na hora. Mal cheguei ao carro estacionado na porta da clínica, onde se encontravam minha mulher e as duas crianças à minha espera, sentei no banco do carona e desmaiei. Paola me disse depois que o médico lhe passara as instruções sobre a medicação.

Era um misto de viagem com vertigem. Sentia-me a bordo de um avião-caça. Olhava de lado e enxergava de tudo. Dessa noite me recordo de muito pouca coisa.

PRIMEIRO DIA

Sete da manhã. Lá estou eu, na clínica do dr. Pensador, como decidi chamá-lo. Outra vez, mal consigo ver o rosto do médico. Ele explica os fundamentos de seu tratamento intensivo, que seria mais bem definido como "tratamento de choque". Vocês vão entender mais à frente o porquê...

Em seguida fui encaminhado a uma outra sala, onde me aguardava uma mulata quatro por quatro — mistura de lutadora de sumô com mãe-de-santo.

"Deus?!", eu me perguntei. "Jura que não é a porta do inferno?"

Eu não estava em condições de avaliar muita coisa. A mulata me fora apresentada como enfermeira. Desse dia em diante, nunca mais tive fantasias eróticas com essa categoria de profissionais.

Jeitosa, ela foi logo me dizendo:

— Tire toda a roupa. — Nunca fui muito inibido... ainda mais na crítica condição em que me encontrava, ou seja, a de um louco ainda não diagnosticado.

— O que vamos fazer? — perguntei.

— Eu? Nada! — respondeu. — Você! Vai vestir esta camisola, deitar naquela cama de metal e tomar esta injeção — disse, estendendo a mão direita e entregando uma espécie de avental comprido que se amarra atrás, semelhante a uma camisa-de-força. Na outra mão, ela segurava a seringa e uma borracha de prender a veia. Eu já tinha amarrado vários porres em minha vida, mas nada se comparava àquilo, e olha que nem tínhamos iniciado a primeira sessão.

Recordo-me do médico me explicando o tratamento e dizendo que eu teria de permanecer na clínica das sete da manhã às sete da noite, e que nesse período eu tomaria alguns medicamentos e ficaria ligado a um aparelho do tipo que faz eletrencefalograma. Entre o período de tirar a roupa e vestir a camisola, imaginei se teria alguma chance de discutir o procedimento do tratamento. Creio que esse foi meu último segundo de sanidade mental.

Deitado de costas na fria cama de metal, com a cabeça cheia de bolachinhas presas a um emaranhado de fios, olhando para o teto e vendo a "Mulaenfe" (mistura de mulata com enfermeira) passar os braços e a cabeça entre meu rosto e algumas lâmpadas espalhadas pelo teto (que logo começariam a piscar), fiquei em dúvida se aquilo tudo já era a resposta da minha pergunta a Deus ou se se tratava apenas dos preparativos.

Pouco tempo após ser introduzido em minha veia o líquido da seringa, senti como se tivesse entrado em um túnel do tempo. Já não sabia mais distinguir sonho de realidade. Via-me como se estivesse fazendo parte de um filme. A diferença é que sentia calor, frio, gosto, medo, alegria, tristeza e até tesão — lógico que naquele estado esquecia por completo onde estava e quem era minha companhia.

Em pouco tempo, meus companheiros de jornada se apresentaram. Primeiro, meu primo. Até aí tudo bem, pois eu não fora comunicado de seu falecimento. Mas, quanto a meu avô, eu só o conhecia por fotos, pois morrera antes que eu pudesse me dar por gente.

Ao ver meu primo em companhia de meu avô, fiquei tranqüilo, pois, se tivesse visto só meu avô, teria certeza de ter ido para o inferno. Deixe-me explicar: a primeira filha de meu avô foi minha mãe. Três meses após o nascimento dela, minha avó faleceu, vítima de câncer. Inconformado, meu avô deixou a cidade do ET (Varginha) e foi estudar Medicina no Rio de Janeiro. Como minha mãe, sua única filha até então, era um bebê, deixou-a aos cuidados de seus tios, enquanto ia para o Rio. Pelo que contavam, ele se tornou uma espécie de boêmio misturado com espírita e, de troco, procurava reencontrar em todas as mulheres aquela que perdera de forma tão trágica — no caso, minha avó. Assim, para a família original, tornou-se persona não muito grata, pois todos ali eram católicos fervorosos. Acho que isso explicava mais ou menos meu susto ao vê-lo tão vivo, naquele sonho, viagem, loucura ou sei lá o quê!

Como era real o que eu estava vivendo ali! Meu avô, eu e meu primo formávamos o trio perfeito. Combinávamos em tudo: gosto pela boemia; pelas mulheres; mesmas crenças...

Já estávamos do lado de lá ou será que eles é que estavam do lado de cá? Era muita confusão na minha cabeça, mas já começava a perceber que eram dois mundos e eu transitava de um para o outro, sem ter controle de onde preferia ficar.

Abri o olho e lá estava a malvada da Mulaenfe, que acabara de aplicar um choque elétrico. Isso mesmo: às seis da tarde eu era despertado com uma descarga elétrica que doía muito. Fazia parte do tratamento, assim como um chá amargo que mais parecia fel.

— Pode descer. Vista a roupa e espere um pouco, pois vou levá-lo até a sala do médico.

Quando cheguei à sala, a cena se repetiu: a mesma pose de pensador, com a mão na testa cobrindo os olhos e o cotovelo apoiado na mesa.

— Como foi seu dia? — perguntou ele.

Vacilei um pouco antes de responder, mas logo me recompus. Contei sobre o sonho que tivera.

Foi quando ele me surpreendeu ao afirmar que não era sonho. E eu o surpreendi ao dizer que não era chegado a drogas alucinógenas. Houve uma pequena pausa e ele disse:

— Você foi induzido a viver em outro plano. Não há droga alguma — garantiu.

Arrisquei-me a perguntar:

— E a injeção, doutor?

— É só uma indutora — respondeu seco.

— Sabe, doutor, foi algo muito estranho. Mistura de gente viva com gente morta e, além de tudo, a sensação que tenho é a de que tudo aconteceu mesmo — comentei.

— Pode ficar tranqüilo, pois realmente está acontecendo — garantiu. — E sem demonstrar qualquer ansiedade informou: — Estamos indo muito bem.

Meu corpo levantou-se da poltrona e foi em direção à porta. Foi como se eu visse meu clone se movimentando. Eu não sentia ter mexido um músculo para sair da sala. Era como se outro corpo se movimentasse. Talvez um irmão gêmeo, coisa que nunca tive. Lá estava eu, sentado no lugar do dr. Pensador, observando um corpo que antes era habitado por mim movimentando-se sem minha autorização ou sem qualquer esforço de minha parte. Seria efeito das injeções e dos compridos?

Algum chá alucinógeno? Havia sido hipnotizado? Ou ficara maluco de vez?

O corpo deixou a sala. Eu já não o avistava mais. Tinha certeza de que meus pensamentos e sentidos haviam se separado do meu organismo físico e agora se misturavam a algo difícil de explicar, mas que, de certa forma, foi fantástico de viver.

Foi quando a porta da sala se abriu de repente e entrou a Mulaenfe, que já não me assustava mais.

Eu sabia que ela falava comigo, mas enxergava outra pessoa. Dirigiu-se a mim com o mesmo respeito que a vi tratar o médico, mas era eu sentado ali, lúcido como quem acorda em uma manhã ensolarada depois de uma excelente noite de sono, certo de que viver é preciso.

— Precisa de mais alguma coisa, doutor? — perguntou ela, cordialmente.

A resposta saiu de minha boca com toda naturalidade:

— Por hoje é só, dona Isaura. Muito obrigado e boa noite — respondi.

Com um pequeno aceno seguido de um sorriso, ela se despediu dizendo:

— Fique com Deus, dr. Armando. — E Armando era o nome de meu falecido avô.

Naquele momento, percebi que, de maneira natural, me fazia passar por alguém que mal conhecera. E o mais intrigante de tudo era que aquilo ocorria independentemente da minha vontade. Assim como também aceitei de forma tranqüila o fato de me pegar analisando a ficha dos pacientes da clínica. Verificava as fichas dos pacientes, analisava o que haviam dito. Tinha certeza de poder ajudar a todos.

Levantei-me e caminhei sentindo-me normal, como se estivesse em meu próprio corpo. Passei pela sala anexa, na qual havia um divã e pouca luz. Camuflada no meio da decoração, uma porta discreta dava acesso ao banheiro privativo. Lá havia um grande espelho pendurado em cima de uma bancada de mármore com uma cuba dourada.

Sem olhar para o espelho, dirigi-me até o vaso sanitário. Depois de urinar, virei-me para lavar as mãos. Vi um rosto refletido no espelho. Não cheguei a me assustar, pois a feição era familiar.

Falei com o rosto como se eu fosse outra pessoa, mas meus movimentos se repetiam, exatamente como eu os fazia diante do espelho. Seria natural se eu estivesse fazendo micagem diante do espelho, mas...

Lavei as mãos e, num gesto mecânico, também o rosto. Olhei novamente no espelho e desta vez vi alternadamente três imagens se projetando à minha frente: meu rosto, o rosto de meu avô e o rosto de meu primo.

Retornei até a mesa e sentei-me na posição do pensador, com as mãos na testa tapando os olhos e o cotovelo apoiado no tampo da mesa.

Eureca! Havia descoberto como estabelecer um diálogo com meu avô e meu primo e, mais importante, sem precisar de chá, injeção ou comprimido. Bastava tomar aquela postura de pensador e a conversa entre os três era estabelecida.

Já conhecia histórias sobre espíritos que tomam o corpo dos vivos como veículo, mas aquela era diferente, pois meu corpo havia desaparecido por aquela porta e eu e meu primo Marcos (que até ali para mim continuava vivo) estávamos usando o velho corpo de meu avô falecido há muitos anos.

Mesmo depois de casado com Paola, eu e meu primo continuávamos muito unidos. Várias vezes viajávamos a trabalho e, ao concluir o serviço, nos finais de semana, tomávamos alguns porres. Era comum levarmos dois litros de cachaça e uma groselha. Misturávamos tudo e estava pronta a bebida, à qual dávamos o nome de rabo-de-galo.

Em uma dessas viagens, ficamos atolados com a pick-up de entrega que utilizávamos. Estávamos em uma estrada de terra deserta, distante de qualquer cidade, mas relativamente próximos de uma antiga fazenda. O céu começava a escurecer e chovia muito. Como nossos esforços para desencalhar a camioneta não surtiram efeito, resolvemos pedir ajuda.

Seguimos a pé em direção à fazenda, na esperança de encontrar algum auxílio. Cortando caminho pelo pasto, depois de caminhar por algum tempo, nos deparamos com um pequeno cemitério, algo comum naquele tipo de fazenda. Tínhamos tomado uns goles e carregávamos, em uma das garrafas, a bebida já misturada.

No cemitério cercado de arame e madeira havia também uma pequena mas aconchegante capela. Como a chuva aumentara, resolvemos nos abrigar ali até que o tempo melhorasse.

A garrafa foi sendo esvaziada à medida que a chuva aumentava. No interior da capela, havia quatro bancos de madeira que, colocados um de frente para o outro, formavam uma maca. Os encostos serviam como beiral de beliche, algo bem apropriado à situação de quase embriaguez em que nos encontrávamos.

Nossas roupas continuavam secas, protegidas pela capa que usávamos, mas as botas estavam úmidas e cheias de lama.

Logo, a noite caiu. Acendemos a luz da capela, que durou pouco tempo. Era uma única lâmpada que devia estar ali há muito tempo e, depois de piscar algumas vezes, queimou. Assim, solucionamos a falta de luz com velas, que, apesar de usadas, tínhamos em quantidade suficiente para a noite toda.

Sob o efeito do álcool e no lugar em que estávamos, a conversa só podia ser sobre fantasmas, espíritos e morte. Sobre fantasmas, nenhum dos dois se preocupava muito. Em nossa adolescência, costumávamos desafiar um ao outro a entrar no cemitério à meia-noite e colocar alguma coisa sobre um determinado túmulo. Depois o outro tinha de ir até lá e trazer o objeto de volta.

Cabeça de bêbado está tão cheia de besteira que espírito passa longe — a não ser espírito-de-porco! A conversa então só tinha um rumo, como diria o matuto. Filosofávamos sobre a morte: noite chuvosa, capela de cemitério de fazenda, mais de um litro de rabo-de-galo degustado, banco de madeira transformado em cama e toco de vela aceso — ambiente mais que propício para conversar sobre a morte e o além.

Marcos propôs um trato:

— Vamos fazer o seguinte: quem morrer primeiro volta para contar para o outro como é do lado de lá.

— Primo — disse eu —, acha mesmo que existe lado de lá?

— Bem, se existe ou não, só morrendo para saber.

— Olha, Marcos, eu acredito que existe mais coisa porque a gente vê e sente, mas, sinceramente, prefiro ficar curioso a ter de usar o único método que conheço para saber a verdade, ou seja: morrendo.

Ele riu e concordou dizendo:

— Também tô fora!

Conversa de bêbado vai virando murmúrio e cada um entende o que quer. No fim, para evitar a explicação, pois a língua teima em enrolar, a gente só resmunga e um finge entender o outro. E naquela noite não foi muito diferente. Não sei quem apagou primeiro: eu, meu primo ou a vela...

Junto com os primeiros raios de sol daquela manhã, entrou pela pequena porta da capela um homem barbudo vestindo uma capa marrom até a altura dos joelhos. Era o administrador da fazenda.

— Bom dia — cumprimentou cordialmente.

Meio de ressaca, maldormidos e amarrotados, tentamos ser rápidos nas explicações, o que foi totalmente desnecessário. O sr. Barbudo logo se desculpou por não ter nos socorrido à noite, alegando que na situação em que o tempo se encontrava, pouco podia ter feito por nós. Fomos então convidados a ir até a sede da fazenda, para tomar café e buscar uma junta de bois para tentar desatolar a camioneta. Ele elogiou nossa coragem de passar a noite naquele local e pareceu não ter percebido o porre que tomamos antes de pegar no sono.

Ainda com a mão na testa e o cotovelo apoiado no tampo da escrivaninha do consultório, me mantinha conectado a Marcos e meu avô. Lembro-me de que naquela ocasião perguntei:

— Primo, recorda-se de quando dormimos bêbados na capela daquele cemitério de fazenda?

Ele sorriu de forma marota, bem ao seu estilo.

— Fizemos um trato, lembra?

— Isso não é resposta — adverti.

— Tá com medo, é?

— Sei lá, tô confuso com essa história toda.

— Besteira sua, e olha que para você conhecer o lado de cá, nem precisou morrer.

— Que conversa é essa? Você também está vivo!

Ele soltou uma gargalhada e disse:

— Todos estamos.

— Então, que papo é esse?

— Não dá para explicar direito, também sou novo no pedaço; entrei aqui com o seu corpo.

— Sabe, primo, aquela vez na fazenda e as outras brincadeiras... ou a gente estava bêbado ou éramos adolescentes e irresponsáveis, mas agora estou falando sério.

— Eu também — ele afirmou.

Nesse momento, meu avô surgiu no meio da conversa.

— Vou explicar o que está acontecendo.

Ele tirou a mão da testa, inclinou o corpo para trás na cadeira e afastou-se da mesa.

— Vocês estão ansiosos e isso é natural. Precisam de um pouco mais de tempo e experiências para assimilar o que está acontecendo.

— Acho que estou precisando é de um porre — retruquei.

— Logo pela manhã atenderei uma paciente — continuou ele — e vocês dois podem participar da sessão; assim, começarão a compreender melhor o que está ocorrendo. Vamos aproveitar o resto da noite para ajustar-nos. Vocês me auxiliarão na consulta com essa paciente, assim como com os outros que programei para atender amanhã.

Pensei comigo: "Porra! Como posso ter virado médico sem estudar Medicina?"

— Você não se tornou médico — repreendeu meu avô.

Puxa, agora nem pensar sozinho eu podia mais!

Segundo Dia

Lá estávamos os três, sentados na mesma cadeira, usando o velho corpo de meu avô e tentando sintonizar os pensamentos.

Às sete da manhã, conforme combinado, meu corpo chegou à clínica e foi anunciado por uma atendente chamada Anna.

— Bom dia, dr. Armando! Seu primeiro paciente já chegou, posso mandar entrar?

— Sim, Anna. Faça-o entrar e, por favor, chame a dona Isaura.

Ela abriu a porta, colocou seu corpinho do lado de fora da sala, chamou por alguém e logo surgiu de volta acompanhando meu corpo.

— Bom dia, meu jovem. Como passou a noite?

A múmia que era meu corpo respondeu:

— Bem, doutor.

— Ótimo! — disse ele. — Acompanhe a dona Isaura. Ela vai cuidar de você.

O corpo obedeceu como um robô ao comando de um controle remoto e deixou a sala, seguindo a Mulaenfe.

— Viu isso, Marcos? Era eu! — exclamei, meio aliviado, meio desconfiado.

Depois de dois toques suaves, a porta da sala se abriu. Era a Anna novamente. Pensei: "Por que não colocou essa daí para cuidar do meu corpo?".

Meu avô respondeu com outro pensamento:

— Do jeito que ele se encontra, tanto faz.

Anna anunciou:

— A sra. Lucy chegou.

— Dê cinco minutos e a mande entrar.

— Sim, doutor.

— Bem, essa é a paciente da qual lhes falei ontem à noite. Dominem seus impulsos, por favor — advertiu, ajeitando-se na cadeira, endireitando o nó da gravata e erguendo os ombros.

Aquela advertência provocou em mim certa expectativa e eu não estava errado. Quando a porta da sala abriu e a tal Lucy entrou, eu quis sair daquele corpo velho e ir correndo buscar o meu, estivesse ele no estado em que estivesse, para usar todo o meu repertório de cantadas...

Ela se aproximou da mesa, desfilando pela sala — sim, porque ela não andava, desfilava! Debruçou de um modo que nós três esticamos o mesmo pescoço para receber os dois beijinhos e dar uma breve e discreta olhada no decote. Tinha muito homem dentro do mesmo corpo, mas tinha corpo demais naquela mulher!

— Dr. Armando! Que bom que chegou o dia da minha consulta! — disse. — Estou precisando tanto desabafar...

— Vamos até a outra sala, Lucy. Lá você poderá se deitar no divã e relaxar.

Ela levantou-se da cadeira em que sentara, de frente para nós, e foi para a sala do divã.

Pouca luz era a principal característica daquela sala, mas nada que impedisse observar aquele monumento, com um vestido justo, deitado no divã, mais como quem posa para um pintor do que quem vai ser analisada. Uma confortável poltrona — estrategicamente colocada, de modo que meu avô percebesse até os movimentos dos olhos da paciente — seria usada por nós naquela sessão.

Enquanto ele a orientava a fechar os olhos, mudar a respiração e encontrar a melhor posição para se sentir totalmente relaxada, eu e meu primo parecíamos moleques olhando pela fechadura de um vestiário feminino.

Lucy começou então a falar sobre sua vida. A voz dela adquiriu um tom diferente, semelhante ao de quem proferia as últimas palavras. As palavras eram ditas de forma pausada, porém carregadas de muita emoção.

Ela contou que realmente decidira abandonar o casamento. Explicou que nada mais sentia pelo marido. Naquele momento, como em um filme em minha mente, recordei-me da ficha dela que lera na noite anterior.

O marido era uma pessoa decente, um dentista que possuía uma clínica e que era cerca de 12 anos mais velho. Tratava-a com todo respeito e carinho, mais como filha do que como mulher. Assim, aquela jovem senhora não se sentia desejada por ele. Casou-se apaixonada e para ela o marido representava o homem mais velho que lhe daria segurança. Ele a ensinaria como fazer amor e sentir prazer, igual aos melhores filmes do gênero que já assistira. Seria como nas novelas, com muita emoção e levando a vida a pleno vapor. Aquelas eram suas expectativas básicas em relação ao companheiro.

Porém, a realidade, nos quatro anos daquela união, mostrava-se totalmente diferente. O marido era calmo, pacato, caseiro, mais voltado ao aconchego do lar. Ela contou que, durante o período de namoro e noivado, ele parecia totalmente diferente — uma pessoa ativa e cheia de vida, com quem ela seria capaz de percorrer e descobrir o caminho da felicidade.

O que mais incomodava Lucy era um casal que conhecera e que mostrara a ela que seu sonho não era nenhum devaneio, pois viviam intensamente, juntos.

Meu avô a aconselhara a aproximar-se mais do casal e a levar o marido para o convívio com eles, o que não seria problema, uma vez que tanto o marido como ela eram amigos do outro casal.

Até aí, eu não compreendia o porquê de minha presença ali. Tudo parecia o dia-a-dia normal de qualquer ser humano. Porém, a revelação que Lucy faria naquela sessão começaria a mudar o rumo da história.

Primeiro, ela contou que tinha se apaixonado perdidamente pelo Ralf e logo a seguir por Raquel, que formavam o casal amigo. Meu avô não pareceu ter se assustado, talvez pela formação acadêmica e pela experiência de consultório.

— Você pode estar confundindo sentimentos, misturando amor, desejo e até justificando nesse casal, que também tem uma diferença de idade quase igual à de seu marido em relação a você, os problemas que teve com seus pais: o alcoolismo de seu pai e a incompreensão de sua mãe. Você transportou para o casal a imagem de uma família que sempre desejou ter. Isso é bastante comum. Mas me conte mais sobre o que está acontecendo entre vocês — disse meu avô.

— Nunca me senti tão bem na vida! Sabe, doutor, já fizemos amor os três e foi maravilhoso!

Imaginei a cena, quis dar palpite, mas fui lembrado imediatamente pelo pensamento de meu avô:

— Cale-se! Você só está aqui como observador.

Sem corpo e usando o dele, percebi que era impossível agir sem seu consentimento. Fiquei quieto e deixei que eles continuassem a conversa.

— Como foi que isso aconteceu? — perguntou meu avô, sem deixar transparecer nenhum sinal de que aquilo era anormal.

Lucy suspirou um pouco mais forte e continuou o relato:

— Fomos passar o feriado na casa de praia deles. Nós três. Aliás, o que de fato aconteceu é que eu e a Raquel fomos pela manhã e meu marido e o Ralf ficaram na cidade para seguirem à tarde, no final do expediente. Então a Raquel me convidou para passear de quadriciclo em uma lagoa de águas transparentes. Quando chegamos, o local era paradisíaco e não havia mais ninguém por perto. Ela comentou que tinha vontade de se refrescar naquela água, totalmente nua. Perguntou se eu me importava e respondi que não tinha problema. Ela então sugeriu que eu fizesse o mesmo. Hesitei um pouco, mas depois acabei concordando; afinal, eram duas mulheres e um cenário que nos convidava a uma perfeita integração com a natureza. Nadamos próximas uma da outra e conversamos sobre vários assuntos. Estávamos animadas. O sol brilhava, fazendo com que a lagoa toda adquirisse um tom de verde-esmeralda. Às vezes nos tocávamos involuntariamente. Um clima estranho foi se criando entre a gente, uma atração seguida de um olhar de cumplicidade.

Nesse momento meu avô interrompeu a narrativa. Quase morri de raiva. Procurei por Marcos e não consegui mais sentir sua presença. Ouvi meu avô dizendo a Lucy que sua hora terminara. Lentamente, ela se ergueu e sentou no divã. Meu avô se levantou e disse:

— Continuamos na próxima semana.

Pensei comigo mesmo: "Oba! Terei mais uma chance de saber o resto da história".

Uma pausa de dez minutos separava uma consulta de outra. Tentei saber alguma coisa naquele período, mas não conseguia estabelecer nenhuma comunicação — nem com Marcos, nem com meu avô. Fiquei pensando, pois sem corpo era só o que me restava: pensar e tentar descobrir o que, de fato, estava acontecendo comigo. Será que estava morto? Ou era só uma loucura? Mas tudo parecia tão real...

Meus pensamentos foram interrompidos bruscamente e lá estava novamente meu avô. Queria perguntar-lhe sobre Marcos, mas a atendente Anna abriu a porta e, seguindo o mesmo ritual, anunciou o próximo paciente.

Era um menino chamado Fred. Ele tinha 12 anos e usava óculos grossos. Simpático, cumprimentou meu avô com um aperto de mão, estendendo o braço sobre a escrivaninha. Com aquele gesto pude sentir toda a sua história.

Como no caso da paciente anterior, tudo o que dizia respeito a ele parecia estar nas benditas fichas que eu lera na noite anterior. Nada demais — a não ser o fato de ele ser fisicamente igual a um amigo de infância que morrera dois anos antes junto com o irmão em um trágico acidente de carro.

Ele chamou meu avô de "tio", expressão normalmente usada por garotos ao referir-se de forma carinhosa a alguém mais velho. Parecia feliz. Em sua ficha também não parecia haver nada de anormal com ele. Então, o que estaria fazendo um garoto aparentemente sem problemas em uma clínica daquele tipo? Não demorei a descobrir quando meu avô me perguntou:

— Lembra-se dele?

— Bem, não tenho como negar que ele tem a cara e o jeito de um amigo de infância que infelizmente foi embora há cerca de dois anos, morto em um acidente de carro lá em Minas — eu disse.

— Sim, junto com o irmão — completou meu avô.

Falávamos um com o outro por meio do pensamento.

Por isso não me preocupei com o garoto. Tinha certeza de que ele nem desconfiava do diálogo estranho travado entre nós. Porém, essa certeza durou pouco, pois de repente Fred me disse:

— Você precisa aceitar com mais naturalidade as coisas que acontecem com você, Morcegão. — "Morcegão" era o meu apelido no time de várzea em que jogava quando menino, e que poucos conheciam.

— Então, você é mesmo o Carlim, irmão do Chicão? Quem lhe falou sobre o apelido? O Marcos? Onde está ele? Que baboseira é essa? — comecei a perguntar.

— Ei! — interveio meu avô. — Você é mais teimoso do que pensei. — E, sem maiores explicações, dispensou o Carlim, quero dizer, o tal do Fred.

— Sabe, vovô, isso tudo está me deixando nervoso! Primeiro me disseram que eu seria atendido por um médico do qual nem lembro mais o nome. Já tomei chá, injeção, choque e até susto com aquela Mulaenfe. Agora você some com meu primo e traz um garoto que é a cara de um amigo de infância morto há dois anos. O menino, do nada, me chama por um apelido que há anos não ouço. Sabe que tenho um fraco por mulheres e arranja aquela história com a tal da Lucy. Pode me dizer então, por favor, onde quer chegar? — desabafei.

— Vamos, volte para seu corpo e descanse. Amanhã continuamos — ordenou.

Minha cabeça doía. Antes que pudesse pensar mais alguma coisa, abri o olho e me deparei com meu pesadelo ambulante, a Mulaenfe, bem à minha frente. Eram seis horas, a maldita hora do choque.

— Vá, rapaz! Vista a roupa e pode ir, pois hoje o médico não precisa mais ver você. Sua mulher está na sala de espera. Até amanhã — disse ela.

Uma dúvida veio à minha cabeça: não sabia se tinha ficado lá sonhando ou se estava dentro da sala com meu avô. O melhor a fazer era fingir que estava dando tudo certo, pois, fora da clínica, minha mulher deixara escapar que minha mãe articulava me internar em um hospício em Minas.

Minha situação não era fácil. Se contasse o que estava se passando lá dentro, corria o risco de não ter como provar. Se ficasse calado, não sabia onde aquilo poderia me levar. Estava à mercê dos acontecimentos e me fingir de tonto, pelo menos naquele momento, parecia ser a decisão mais correta.

Naquele dia, indo ao encontro de minha mulher na sala de espera, segui por um corredor que dava acesso a uma escada que levava ao piso superior. A sala de choque ficava no piso inferior. A entrada da clínica e a sala do dr. Interrogação (o melhor apelido que encontrei para ele, pois eu não tinha certeza nem se eu era eu... o que diria então da identidade do tal de doutor) ficavam no térreo. Percebi que Paola tentava disfarçar a preocupação. Recebeu-me com um sorriso, mas denunciava, em sua doce expressão, a mesma característica de quem tem de levar um fantasma para casa e o pior: dormir com ele.

No caminho da clínica para o apartamento, fiquei calado. Se dissesse qualquer coisa suspeita, podia perder minha última aliada.

Terceiro Dia

Pontualmente, às sete da manhã eu já estava na clínica. Também era pontual a atendente Anna. Aliás, diga-se de passagem, uma bela moça. Por força de votação, em uma clínica democrática, ela seria a enfermeira-chefe no lugar da Mulaenfe. Quero dizer que se eu tivesse, como paciente, direito à escolha, destituía do poder dona Isaura e colocaria no lugar dela a linda Anna; tenho certeza de que ela não me despertaria com um choque na cabeça às seis da tarde.

Como já se tornara rotina, entrei na sala para participar da sessão. Para minha surpresa, quem estava sentado à minha espera atrás da escrivaninha era o dr. Frederico Sherman. Por acaso vocês já tinham ouvido esse nome? Nem eu!

Também era novidade para mim seu rosto, assim como sua postura. Ele não se escondia atrás das mãos; ao contrário, seu olhar era firme e, de certa forma, desafiador. Olhei para Anna esperando que ela me explicasse. Perguntei:

— Por que um novo médico vai me atender hoje?

Foi quando ouvi dela uma observação que me deixou confuso: o dr. Frederico era o único médico que sempre atendera naquela clínica — ou seja, ele era meu médico desde a primeira consulta.

Ele me pediu que ficasse à vontade enquanto terminava de verificar algumas fichas dos pacientes que atenderia naquele dia. Eram as mesmas que eu lera na primeira noite. Tudo era igual ali, até os diplomas na parede. As diferenças estavam no nome do dr. Frederico no lugar do nome de meu avô e, é claro, na aparência do médico, um senhor de cabelos grisalhos, mas jovial, característica de quem sempre se cuidara muito.

Sua roupa não deixava dúvidas — era um homem vaidoso, que se vestia de maneira elegante. Acho até que toda essa minha análise sobre ele foi mais para ter certeza de que outra pessoa estava ali, no mesmo cenário em que eu vivera tantas coisas estranhas nos últimos dois dias.

Meus pensamentos confusos tentavam se organizar. Sentia-me aliviado; afinal, era melhor que tudo tivesse sido fruto de imaginação provocada por estresse, estafa, ou mesmo por algum mal físico ou medicação errada. Qualquer diagnóstico eu aceitaria; só não queria ter pirado.

Porém, minha euforia durou pouco. O dr. Frederico começou a falar sobre a incrível semelhança entre mim e meu avô. Com a voz embargada, perguntei:

— Conheceu meu avô?

— Sim, conheço-o como poucos — disse. E observando-me, questionou: — Por que tanto espanto?

— Ora, não sei nem por onde começar, mas a verdade é que saí daqui ontem à noite cheio de dúvidas. Voltei, sinceramente, para tentar esclarecer toda essa confusão. Ao vê-lo aí sentado no lugar em que estava meu avô até ontem, senti-me aliviado, achando que a confusão em minha cabeça estava se desfazendo. Agora, com essa sua afirmação de que conhece meu falecido avô, tudo volta a ficar confuso.

— Tudo bem, relaxe! Fique tranqüilo, vamos retomar o tratamento.

Pensei: "Ai, meu Deus! Mais chá, injeção e o maldito choque".

— Nada disso — disse ele.

Epa! Esse também lia os meus pensamentos!

— Desculpe, doutor, mas só quero saber o que fiz para tudo isso começar. E o que devo fazer para acabar logo com esse pesadelo.

— Vamos com calma — argumentou, percebendo meu descontrole. — Você não está maluco nem vai ficar — afirmou. — As pessoas têm de aceitar que existem mais coisas do que são capazes de perceber racionalmente. Têm de se permitir viver sonhos. As melhores coisas são sentidas, e o amor é o maior exemplo do que estou falando. Siga o exemplo de seu avô. Ele amou além de seu tempo. Acabou o ser, mas não acabou o sentimento. Você me entende?

— Mais ou menos... mais ou menos — eu disse.

— Se você conseguir tirar o medo de sua vida, vai começar a entender que tudo é possível. Somos capazes de viver experiências fantásticas. Imagine se seu avô tivesse tido medo no passado. Como ele poderia estar entre nós agora?

— Por favor, doutor! Estava indo tudo bem, mas lá vem o senhor outra vez com essa história de morto entre nós.

— Bem, vou chamar a dona Isaura — disse.

— O que fiz agora? Se for para acreditar na marra, eu acredito e pronto, mas dona Isaura, não, por favor! — implorei.

— Não se preocupe. Hoje será diferente: sem injeção e sem choque — garantiu.

— Sério? Deus lhe pague. Garanto que fico lá quietinho.

— É. Você precisa refletir. Vou ver meus outros pacientes, mas voltamos a nos falar ainda hoje, certo?

— Só para me garantir: sem choque mesmo?

— Sim, hoje não usaremos esse método — repetiu com voz firme enquanto a Mulaenfe entrava na sala, cumprimentava-o cordialmente e me olhava com seu jeito de carrasca.

Enquanto caminhávamos pelo corredor que dava acesso ao piso inferior da clínica, onde se localizava a maldita sala do choque, pensei em cair fora dali antes que fosse tarde.

Para minha surpresa e alívio, dona Isaura abriu a porta que dava acesso a uma sala que ainda não conhecia. O aposento era todo pintado em um tom alaranjado. Dentro, algumas almofadas espalhadas pelo chão, o ar-condicionado em temperatura agradável e uma música suave. Dona Isaura me explicou que a iluminação seria diminuída para que me sentisse mais relaxado. Por via das dúvidas, dei uma boa olhada para ter certeza de que nenhum fio seria usado para me despertar naquela sala. Porque a injeção e o chá eu até poderia encarar, mas o choque... não dava mais!

Enquanto vistoriava com os olhos a pequena, porém aconchegante sala de meditação, dona Isaura deixou-me só, não sem antes anunciar que teria companhia. Sentei em uma esteira entre as almofadas sobre o grosso carpete do chão.

Alguns minutos depois, o suave som da música relaxante foi quebrado pelo ruído da porta que se abria. Era Lucy. Sim, a exuberante dona Lucy entrou dizendo docemente:

— Olá!

Ela pediu desculpas por interromper minha meditação, mas prometeu silêncio dali para frente, vindo se sentar na mesma esteira em que eu estava, em posição de quem faz ioga.

Pensei: "Sarei ou morri de vez?". Bom, não sabia, mas aquilo era bem parecido com o céu que imaginava.

Tentei imitar a posição dela, fingindo já conhecer o método, e até consegui com certa facilidade. Porém, me concentrar e meditar era impossível — a lembrança dela narrando suas aventuras extraconjugais ao meu avô, deitada em pose de modelo naquele divã, fazia com que meus pensamentos fossem povoados por uma mistura de sedução, fantasmas e o terrível retorno do medo de estar maluco. Então jurei a mim mesmo que ficaria na minha. Não sabia o que estava acontecendo. Seria mais um truque ou seria conspiração? Quem poderia estar tentando me deixar maluco? Será que estava ficando gagá? Tudo bem que às vezes exagerava nas noitadas, bebendo mais que o recomendado. Também chegava a fumar três maços de cigarro por dia. Por outro lado, eram quase quatro anos de casamento, dois filhos. Tinha maneirado e muito, reduzido quase tudo pela metade. Seria falta?

Fiquei ouvindo o leve e quase imperceptível suspiro de minha companheira de relaxamento. Depois de alguns momentos, ela começou a emitir um som, uma espécie de "ommm" repetido por outro. Pensei em pedir socorro, mas se desse qualquer fora ali, cairia nas garras da Mulaenfe e daí seria choque na certa. Pensei comigo: "Mas que crueldade estão fazendo aqui em Santos com um caipira do interior das Minas Gerais!".

Depois de mais alguns minutos de "ommm", Lucy, percebendo que me esforçava ao máximo para permanecer em silêncio, resolveu aliviar minha tensão.

— Você não está conseguindo relaxar? Conheço algumas técnicas, quer aprender?

Pensei: "Perdido por um, perdido por mil: era assim que decidia uma parada quando vivo".

— Tire a camisa e deite-se de bruços na esteira — disse ela, virando-se para pegar algo dentro da bolsa que colocara sobre uma das almofadas.

Continuei pensando: "Prometo que conto tudo para a minha mulher se um dia ficar curado, ou melhor, se ressuscitar".

Ela passou um óleo perfumado nas mãos e a mistura dele com o cheiro dela me levou às nuvens. As mãos deslizavam suavemente em minhas costas. Realmente tinha razão quando imaginei aquela sala como o início do céu, mas tinha uma certeza: a Mulaenfe era a besta em pessoa, ainda mais depois de ter entrado de uma vez pela porta, assustando dois dedicados pacientes que procuravam, com todo esforço, cumprir aquela sessão do tratamento.

— Vamos lá — disse a besta —, o doutor quer ver os dois.

Eu já não sabia mais o que era pior: acordar com o choque ou sair do relaxamento com a sutileza da dona Isaura. É assim que vou chamá-la de agora em diante, pelo nome original, pois nenhuma mulata ou enfermeira que conheço merece ser comparada com aquilo...

Lucy e eu deixamos a sala de meditação na companhia dela. Entramos juntos na sala do dr. Frederico. Ele cumprimentou Lucy com toda a pompa de um cavalheiro e a mim dispensou um aceno de cabeça seguido da indicação de onde deveria me sentar.

Do meu lado direito, a uma distância inferior a 30 centímetros, estava a poltrona em que Lucy se acomodara. Do outro lado da mesa, o dr. Frederico, com os antebraços apoiados sobre o tampo, nos olhava por alguns segundos antes de começar a falar.

— Bem, vocês foram até a sala de meditação. Quem quer me contar primeiro o que sentiu lá dentro?

Fiquei vermelho de vergonha na hora e não havia como disfarçar. Lucy, por sua vez, narrou ter conseguido entrar em um estado de relaxamento profundo, sentindo-se muito bem, e, ao retornar da meditação, estava mais leve, sem nenhuma ansiedade.

— E você, Rony? Também se sente menos tenso? — perguntou.

— Sabe, doutor, não tenho a mesma prática de minha colega. Tentei relaxar e meditar, mas só consegui me sentir bem com a ajuda dela. — Pronto. Tinha falado!

— Ótimo! Então me diga: como foi essa ajuda?

Lucy então, com toda a naturalidade, contou da massagem e completou que se não tivéssemos sido interrompidos eu teria aproveitado muito mais.

— Com certeza, com certeza — concordei.

— Vocês agora vão fazer um lanche no refeitório da clínica. Procurem interagir e conversar mais a respeito de seus problemas. Tentem esquecer o mundo lá fora.

Nesse momento, senti-me um peixe fora d'água. Ao contrário do que ele me orientara, em minha mente passava tudo o que ocorrera antes de entrar naquele lugar. Minha jovem e linda mulher, meus filhos maravilhosos, a praia, o sol, as férias interrompidas. Onde estariam todos?

Na noite anterior, e mesmo pela manhã enquanto me levava à clínica, minha mulher parecia uma pessoa assustada. Assim como eu, devia estar questionando o que estava ocorrendo e o porquê daquilo tudo. Sentia-me culpado por estar naquela clínica, na companhia daquela tarada estranha. Que tipo de tratamento era aquele?

Saí da sala confuso e culpado. Sabia que precisava mudar, mas não tinha idéia de como fazê-lo. Fora da clínica seria impossível manter um diálogo. Quando terminava o dia, a sensação era a de que só o corpo saía de lá — o resto parecia permanecer por ali. Como explicar isso sem ser taxado de louco? Temia o pior se tentasse. A idéia de minha mãe de me levar para um hospício me aterrorizava. Precisava enfrentar as maluquices daquela clínica até encontrar uma solução; era a melhor maneira de fugir dali com meu corpo e sem deixar minha mente para trás. Todo esforço nesse sentido acabava deixando-me mais confuso. Resolvi aceitar o resto do tratamento; afinal, não vislumbrava naquele momento nenhuma outra maneira de resolver o problema.

Passei o resto da tarde conversando com Lucy. Caminhamos pelo jardim interno da clínica e sentamos em um banco de madeira em baixo de um caramanchão. Ela contou sobre sua vida. Eu pensava em meus problemas, mas fingia prestar atenção no que ela dizia.

Algo nela me intrigava. Seu jeito extrovertido de agir em nada lembrava ao da mulher que se intitulava muito tímida, a ponto de ter evitado conhecer pessoas que lhe pareciam interessantes, temendo a rejeição.

Deixei um pouco de lado meus pensamentos e resolvi ouvi-la mais atentamente. Ela tinha nascido em uma pequena cidade do interior de São Paulo. Antes de completar dez anos, mudara-se para Santos com os pais, depois fez faculdade e formou-se em Administração. Conhecera o marido por quem sentia uma forte atração. Como também era uma mulher que se fazia notar facilmente pelo exuberante corpo, além da simpatia e da beleza do rosto, creio não ter tido dificuldades em chamar a atenção do pretendido.

A narrativa que fez do primeiro encontro com o futuro marido me deu a impressão de que ele era um pouco relapso com relação ao trato com as mulheres, opinião essa compartilhada e até avalizada por ela. A união dos dois desgastou-se rapidamente. Não chegaram a se tornar agressivos, mas a indiferença entre eles acabou com qualquer chance de reaver a paixão dos primeiros meses de convivência.

Comecei então a entender os motivos que levaram aquela mulher a transmitir tanta necessidade de ser aceita e — por que não dizer? — amada.

Em seus relacionamentos, ela se entregava de forma desordenada, o que fazia com que os outros tivessem dúvidas sobre como lidar com alguém que necessitava viver de forma tão intensa.

Voltei meus pensamentos para a minha vida, afinal de contas, não estava ali para analisar ninguém; pelo contrário, precisava de ajuda e aquela conversa nada tinha a ver com o meu problema. Ou será que tinha?

Fim de mais um dia na clínica do além. A rotina de despedida foi semelhante à dos dias anteriores. Lá ia meu corpo. Uma parte de mim seguia com ele, como aquela que acompanhava um animal treinado pelo dono.

Quarto Dia

Acordei um pouco antes de minha mulher e fiquei contemplando o sono calmo em seu lindo rosto. Como um cachorro contempla o dono, sabia que pertencia a ela, mas não de que maneira me expressar, era como se tivesse desaprendido a falar. Faltava-me algo, e a única certeza era a que ficou lá na clínica. Seqüestraram meus sentimentos, liberaram meu corpo, mas prenderam minha mente. Meu poder se limitava a atos que não necessitavam de raciocínio. Era capaz de andar, de me vestir, de tomar banho. Porém, não conseguia expressar qualquer tipo de sentimento.

Sempre fui extremamente ligado às pessoas, sentia suas angústias como minhas, compartilhava suas vitórias com a mesma alegria com que comemorava as minhas. Só uma pergunta continuava me intrigando tanto fora quanto dentro da clínica: afinal, o que realmente estava acontecendo comigo? Como nada me ocorria, então o jeito era continuar indo à clínica. Na primeira oportunidade, resgataria meu ser e retomaria a vida normal.

Minha mulher acordou sem perceber que eu ficara ali a contemplando durante algum tempo; beijou-me no rosto e disse:

— Vamos, amor. Levante senão atrasamos.

Assim, antes das sete já me deixava na clínica e voltava para passar o dia com as crianças.

Seguindo os mesmos rituais rotineiros, logo estávamos eu e o dr. Frederico frente a frente novamente.

— Gostou do dia de ontem? — perguntou ele, certo de que a resposta seria positiva.

— Tudo bem. Sem choque é bem melhor — respondi.

— Só usamos os choques nos primeiros dias. Acho que não haverá mais necessidade.

— Se depender de mim, faço o que for preciso para evitar isso — disse prontamente.

— Tudo depende exclusivamente de você!

— Sabe, doutor, queria acabar logo com essa história, voltar para minha terra, para meu trabalho... queria poder sentir alegria ao lado de minha mulher e filhos. É só o senhor me dizer o que tenho de fazer e eu concordo — desabafei.

— A primeira coisa é aprender a ter paciência. Tudo tem seu tempo e a pressa não nos ajudará em nada. Você recebeu uma missão, portanto é responsável pelo seu sucesso ou pelo seu fracasso. Cumpra todas as etapas, deixando-se levar. Aceite as coisas com naturalidade. Não somos capazes de mudar os fatos, mas fomos dotados do poder de nos transformar em relação a eles. O que você conhece como vida até agora é uma pequena amostra do que somos realmente; seu poder é milhões de vezes maior do que imagina. Portanto, se utilizá-lo a seu favor, pensando que sempre será capaz de vencer, não conhecerá nunca o fim; porém, se inverter esses valores e usar a mesma força para criar o medo e a derrota, seu fim será inevitável! — finalizou.

— Quer dizer que estou aqui a mando de algo que sequer conheço? E ainda por cima sou eu que decido se continuo ou paro? Deixe-me tentar entender: recebi uma missão (mas não sei do que se trata nem qual é o resultado que esperam que eu consiga); preciso acertar (mas desconheço o alvo); sinto-me completamente confuso (mas preciso ser paciente); se usar a força que tenho de forma certa, farei um milagre; se usar de forma errada, provocarei um desastre. Bom... acho que preciso de um tempo maior para assimilar melhor tantas novidades em minha vida. Vi tantas coisas nos últimos dias, que já não consigo distinguir o real do imaginário.

— É mais simples do que você pensa — disse o dr. Frederico. — Tudo é real desde o momento em que começamos a usar a imaginação. Quando imaginamos algo maravilhoso, nosso organismo reage, nos deixando felizes mesmo que, aparentemente, nada esteja ocorrendo além do pensamento. Também o contrário é verdadeiro: se temos maus pensamentos e imaginamos coisas ruins, nos sentimos infelizes e tristes. O medo tem origem no pensamento, nos prevenindo de que algo ruim pode acontecer. Se não enfrentarmos isso, estaremos criando verdadeiros monstros imaginários que se tornarão tão reais que acabarão destruindo nossa vontade de viver.

— Posso fazer uma pergunta, doutor?

— Sim, fique à vontade.

— O senhor fala em viver, em acreditar na força da imaginação. Agora, só para que eu possa entender: meu avô fala comigo como se estivesse vivo; então, estou apenas imaginando?

— Acabei de dizer que a imaginação é real; portanto, sua pergunta não faz sentido.

— Acontece que não fui criado para acreditar nessas coisas — eu disse.

— É aí que entra o medo do novo, do desconhecido. Várias coisas que hoje você usa normalmente — como o carro, o avião, o computador, e mais uma infinidade de outras que foram criadas a partir da imaginação — um dia também foram vistas como verdadeiros monstros e seus criadores tidos como loucos-varridos. O fato de você perceber coisas, receber sinais, ter determinados acessos que para outras pessoas parecem loucura pode na verdade transformá-lo em um agente de mudanças. Creio que você será capaz de escolher o melhor caminho para levar essa mensagem às pessoas que não conseguem, por vários motivos, se desprender de crenças que as escravizam e que necessitam muitas vezes se basear em outras atitudes como as de coragem e ousadia. Depois, como no seu caso, elas podem decidir o que fazer: continuar a lutar para permanecer na sombra, que é o lugar preferido dos que não crêem; ou simplesmente se expor ao sol para receber a luz, que às vezes queima, mas também ilumina e proporciona vida na verdadeira expressão da palavra.

A maneira serena porém firme com que o dr. Frederico colocava as coisas me fazia refletir e começava a dar forma aos meus pensamentos.

Ele interrompeu a sessão daquele dia demonstrando uma espécie de satisfação típica de quem começou a gostar do jogo. Depois fui orientado a procurar pela atendente Anna, que me conduziria ao tratamento previsto para aquele dia.

Anna me levou ao piso superior da clínica, uma parte do imóvel que eu desconhecia. Lá, em uma grande sala, estavam outras pessoas sentadas em cadeiras que formavam um grande círculo.

Fui apresentado à dra. Cris, a coordenadora. Ela me apresentou ao grupo, que me aplaudiu ao ouvir meu nome.

— Seja bem-vindo! — saudou-me uma senhora muito elegante e bem vestida, aparentando uns 50 anos.

Meio sem jeito, procurei sentar em uma das poucas cadeiras ainda desocupadas. Logo me ambientei e tentei me descontrair.

Ali estavam reunidas pessoas de todos os tipos. A dra. Cris explicou que tudo era totalmente democrático. Todos tinham direito a falar sobre o que achavam mais conveniente. Não haveria obrigatoriedade em se pronunciar, mas todos seriam incentivados a falar.

Assim, todos deram seus depoimentos — uns mais longos, outros mais breves. Alguns chegaram a gerar polêmica entre o grupo, sendo habilmente conduzidos pela coordenadora.

Houve um depoimento em especial que chamou minha atenção: o de um senhor com uma doença grave e que narrou com certo orgulho já não temer a morte. Agradeceu a todos ali presentes que durante meses o acompanharam e que o haviam transformado em um novo homem. Elogiou de forma eloqüente a dra., contando que tomara a decisão de enfim abandonar tudo o que lhe prendera até aquele momento, para viver seu sonho.

Pensei: "Por que um homem precisava viver tanto tempo fazendo o que não gostava, até ser acometido por uma doença, e só depois, então, partir atrás de seu sonho de vida?". As palavras do dr. Frederico começavam a fazer sentido para mim.

Terminado aquele encontro, fui até o refeitório da clínica, onde era preparada uma refeição vegetariana servida em um ritual que até hoje não consegui definir a origem. Parecia coisa indiana, mas, sinceramente, pouco importava.

Ao terminar a refeição, dirigi-me à sala de meditação. Aquela era a orientação recebida e que deveria ser seguida por tempo indeterminado, podendo ser alterada de acordo com o dia. Notei também que a maioria dos pacientes aparecia no máximo três vezes por semana. Houve alguns que só cheguei a ver uma ou duas vezes durante os 15 dias em que ali permaneci.

Com Lucy era diferente. Ela parecia fazer parte do meu tratamento, tanto que novamente nos encontramos na sala de meditação. Não suportei mais ficar sem falar o que estava se passando comigo e acabei me abrindo. Sem demonstrar qualquer surpresa ao me ouvir, quase tive a certeza de que ela já era profunda conhecedora de toda minha história. Mesmo desconfiado de que de alguma forma ela fazia parte da equipe da clínica, sentia-me mais aliviado depois de ter desabafado sobre o drama que estava vivendo.

Sentamos na mesma posição de ioga do dia anterior. A diferença é que estávamos um de frente para o outro e nossos joelhos se tocavam.

Lucy segurou minhas mãos, repousando-as em seguida sobre suas pernas. Olhou-me nos olhos, inclinando o corpo para frente. Pediu-me que fechasse os olhos por alguns segundos e os abrisse novamente. Ao fazê-lo, tive a sensação de conhecê-la há muito tempo. Veio-me a certeza de que aquela mulher já fazia parte da minha vida muito antes de tê-la visto naquela clínica. Expliquei o que acabara de sentir e ela disse com um sorriso e o rosto bem próximo ao meu:

— Viu? Você aceita mais rápido o desconhecido quando deixa o amor falar no lugar da razão.

Eu a teria beijado na boca naquele instante se novamente dona Isaura não tivesse nos interrompido de maneira brusca, abrindo de uma só vez a porta da sala. Era sempre assim: ou um choque, ou um susto ao final de cada dia.

Levantei da esteira e, segurando as mãos de Lucy, ajudei-a a ficar de pé. Nossos corpos quase se tocaram. Viramos para a porta e caminhamos de mãos dadas sobre as almofadas. Despedimo-nos com um beijo de cada lado do rosto e tomamos a direção oposta no corredor: eu à sala de espera, ela ao interior da clínica.

À medida que a hora do encontro com minha mulher se aproximava naquele dia, a sensação de que mente e corpo se separavam era a mesma dos dias anteriores. Os movimentos físicos estavam normais, mas tinha a impressão de que a cabeça estava oca.

QUINTO DIA

Acordei com um beijo de minha mulher. Por alguns segundos senti que minha mente estava comigo ali. Tentei lhe dizer algo, mas saiu tão enrolado que ela foi incapaz de interpretar uma sílaba.

Ela me deu um copo d'água e dois comprimidos. Após comer alguma coisa no desjejum, seguimos para a clínica, no caminho que sempre fazíamos e já virara rotina. As palavras trocadas com Paola saíam mecanicamente.

Na sala do dr. Frederico, era impossível saber o que ia acontecer. Nesse dia, estavam todos lá à minha espera — ou melhor, à espera de meu corpo. Era como se tivesse entrado em um lugar previamente preparado, para ser interrogado por cinco pessoas sentadas uma ao lado da outra, todas de frente para mim. Da esquerda para a direita estavam: meu avô; Marcos, meu primo; Fred, o garoto que era a cópia do meu amigo de infância falecido há dois anos; Lucy; e o dr. Frederico.

Pensei comigo: "Será uma reunião entre vivos? Mortos? E os que ainda não se definiram?".

Meu pensamento provocou sorrisos em todos e me fez lembrar imediatamente que ali não era necessário falar, pois havia também comunicação por pensamento.

Acomodei-me na poltrona em frente a eles e o dr. Frederico explicou que iniciaríamos ali um trabalho que somente surtiria efeito se nos próximos dez dias e dez noites eu aceitasse sem pensamentos preconcebidos todas as experiências vivenciadas naquele grupo. Colocou-me à vontade para que decidisse: seguir em frente e viver uma experiência única ou abandonar de vez a clínica, apagando definitivamente da minha memória o presenciado até aquele momento.

A curiosidade venceu o medo e respondi:

— Sim, vamos em frente com isso. Quero ver onde vai dar.

O primeiro a falar foi Fred, o garoto de óculos. Contou que era o menino que há dez anos se mudara com os pais para a mesma cidade em que eu vivia no interior de Minas. Tinha morado lá pouco mais de seis meses. Por interesses de nossos pais, fomos obrigados a interagir. Praticamente não tínhamos os mesmos gostos. O pai dele insistia em que jogasse futebol junto com minha turma. Além de ser péssimo jogador, era visto por mim e meus colegas como um menino estranho e diferente de nós. Despojados na maneira de vestir, vivíamos de bermuda, sem camisa e jogávamos bola descalços. Ele, ao contrário, andava todo arrumado, com a camisa dentro do calção, meias longas, tênis e os famigerados óculos grossos que lhe rendiam vários apelidos.

Para mim era impossível convencer os colegas a aceitarem-no no time. Um dia, enquanto eu brincava com um carrinho de rolimã, Carlim (era esse seu nome) se aproximou e pediu que o deixasse descer a ladeira. Havia três maneiras: simplesmente sentado sobre o carrinho e deixando que deslizasse normalmente (decida light); ajudando com as próprias mãos, impulsionando-o como quem está remando (decida média); ou à maneira apenas dos mais experientes: um amigo empurrando pelas costas até o carrinho de rolimã atingir a velocidade máxima na descida.

Carlim ou Fred (tanto faz, eram a mesma pessoa) pediu para descer da maneira que só os mais arrojados faziam, sendo empurrado para atingir a velocidade máxima, com toda a turma esperando para ver o tombo que inevitavelmente viria acompanhado de roupas rasgadas e de no mínimo algumas partes do corpo esfoladas.

Ainda tive a sensatez de tentar evitar mais aquele vexame. Acabou acontecendo o que ninguém podia esperar. Depois de ser impulsionado por um dos garotos da turma, que queria ver a tragédia de perto, Carlim conseguiu, com a ajuda da sorte que acompanha os principiantes, uma verdadeira façanha. Voou ladeira abaixo, passando por obstáculos que nem os mais arrojados tinham conseguido e terminando de forma triunfal, quase como um herói, sua primeira vitória sobre a turma.

Adquiriu tanta confiança que se tornou imbatível nas disputas que se seguiram. Mas isso apenas enquanto lá morou, pois o trabalho do pai exigia que se mudassem constantemente. Fiquei sem notícias dele, até que, em uma temporada de férias escolares, ele apareceu com um carro esporte que ganhara ao completar 18 anos. Estava viajando pela região e resolveu me fazer uma surpresa. Já tinha mudado o jeito de vestir e os óculos pareciam também ter se integrado mais ao rosto. Tomamos uma cerveja juntos, rimos das histórias que recordamos e ele seguiu viagem — não sem antes mostrar que no carro de verdade tinha a mesma coragem herdada do carrinho de rolimã.

Dois anos depois, recebi a triste notícia de que ele e o irmão haviam falecido em um acidente de carro. Carlim e eu sabíamos sobre o ocorrido. Marcos, meu primo, também, pois, apesar de um pouco mais novo, fazia parte da turma de infância. Assim, apesar do compromisso assumido no começo da reunião, uma ponta de desconfiança tomou meu pensamento. Marcos poderia ter contado ao Fred toda aquela história?

Marcos respondeu imediatamente ao meu pensamento:

— Esqueça! Minha missão aqui é outra.

Percebi que, para continuar ali, tinha mesmo de mudar a maneira de pensar.

— Então, Fred (ou Carlim)... O que o fez voltar aqui?

— Sou a criança que foi libertada. Você recordou junto comigo, em breves lembranças, que, quando eu precisava brincar como criança, não conseguia. Eram tantas as regras a serem seguidas, tantos cuidados que precisava ter com as roupas! Meus brinquedos tinham de voltar para casa intactos. Minha bola de futebol e meu tênis, tão limpos quanto saíram. Fui ensinado que aquilo fazia parte da educação. Não sabia como explicar-lhes que preferia não ter os brinquedos, mas ser livre. Completei 18 anos, ganhei um carro e todas as recomendações de cuidados com ele. Para mim, foi como se estivesse recebendo mais um brinquedo sofisticado. Fiquei feliz, só que, ao mesmo tempo, preocupado, com medo de que a responsabilidade de tomar conta do novo brinquedo me escravizasse. Envolvi-me tanto com ele, que acabei fazendo um pacto — começou a contar Fred, quase sem pausa para respirar.

Continuou dizendo que tinha prometido a si mesmo que aquele carro seria a extensão dele. E concluiu que tanto levara a sério sua promessa, que ele e o carro tinham acabado materialmente juntos.

— Quer dizer que você tinha a opção de não ter morrido no acidente, Carlim?

— Bem, mais à frente você vai entender melhor. O importante agora é que entenda o que fez por mim quando permitiu que quebrasse as regras e descesse ladeira abaixo com seu carrinho de rolimã — continuou.

Interrompi-o novamente para saber se preferia que o chamasse de Fred ou Carlim. A resposta não foi muito esclarecedora; ele apenas afirmou que era a mesma pessoa, portanto não faria diferença. Outra curiosidade tomou conta de mim e não me contive em fazer uma nova pergunta antes de permitir que continuasse sua explanação.

— Por que mudou de nome? — indaguei.

— No plano em que vivo agora sou chamado por tantos nomes diferentes que quando venho em uma missão específica utilizo sempre o último nome pelo qual estava sendo chamado — respondeu ele, com naturalidade.

Achei melhor dar-me por satisfeito com aquela explicação. Falei:

— Continue, Carlim. O que tenho a ver com sua morte?

— Quando não conseguimos viver de maneira correta na primeira vez, nos espelhamos em pessoas que admiramos, achando que é do jeito delas que devemos viver. Então, se você era uma criança que brincava sem medo de estragar os brinquedos, e aquela era minha grande dificuldade, não foi difícil que parte de mim optasse por ficar junto a você e vivesse através de você o que me fora impossível naquele momento. Entendeu?

Ou eu estava ficando maluco de vez ou já não me sentia tão preocupado com toda aquela situação. Resolvi então dar continuidade àquela conversa, sem me preocupar com o que pensariam os ali presentes. Afinal de conta, eram fantasmas, espíritos ou alucinações, pois de real ali só existia eu, e, como diria Raul Seixas: "Já estava preferindo ser um maluco beleza ou uma metamorfose ambulante do que ter aquela velha opinião formada sobre tudo e todos".

Prossegui o papo com Carlim e questionei:

— Quer dizer que você pode retornar à vida por meio de uma pessoa?

— Por meio de várias — disse ele.

Nesse momento o dr. Frederico interrompeu a conversa, alertando-me que seria melhor deixar a explicação de como aquilo funcionava para discutirmos mais à frente, pois de outro modo seria precipitado, podendo comprometer o tratamento, caso me fosse explicado antes que os outros ali se manifestassem.

Em seguida, pediu a Marcos, meu primo, que me explicasse a razão de ter me escolhido para aquela missão.

— No momento em que me desintegrava — disse Marcos —, precisava explicar a tanta gente por que estava fazendo aquela opção, mas pensei primeiro em minha namorada. Naquele momento, estava deitado com a cabeça em seu colo, depois de um mergulho na piscina do balneário em que nós, alguns amigos e meus pais curtíamos o feriado. Ali mesmo, onde várias vezes eu e você estivemos juntos desde a infância até muito pouco tempo, lembra-se? Onde tivemos um encontro inesperado...

— É claro que lembro — respondi.

— Tinha certeza de que lembraria — disse Marcos.

Mas o que realmente ele queria era que eu revivesse o último encontro naquele balneário. Como era rotineiro em nossos encontros de lazer, aquele não fora muito diferente dos anteriores. Primeiro, combinávamos o que beberíamos, depois falávamos sobre o que cada um estava fazendo da vida.

Naquele dia, minha mulher e eu seguíamos de moto em companhia de outros dois casais, até que nos demos conta de que tínhamos percorrido os 25 quilômetros de estrada de terra que separavam a cidade em que morávamos do balneário. Lá chegando, encontramos meu primo com a namorada.

Marcos adorava moto, porém fizera um trato com os pais de que nunca as utilizaria. A conversa teve início quando me confessou a vontade de ter uma vida como a minha, ou seja, de ser mais independente. Ele nunca fora de seguir muitas regras, mas em parte dependia financeiramente dos pais. Lembro-me de ter-lhe dito que nós dois nunca havíamos deixado de fazer nada por falta de recursos materiais, sempre tínhamos condições de realizar nossos desejos. Disse-lhe que meu casamento era a maior prova. Ele concordou, pois trabalhávamos juntos logo que me casei, e ele, melhor que ninguém, acompanhara minhas dificuldades financeiras quando, contra tudo e contra todos, resolvi assumir o romance. Notei que o caminho dele não seria diferente do meu, e que realmente estava decidido a viver ao lado da namorada, construindo junto com ela uma nova vida. Como havia me saído bem em minha aventura até ali, torcia e até o incentivava a prosseguir com seus planos.

— Ótimo — disse-me ele, interrompendo enquanto eu ainda tentava recordar um encontro que, para mim, não tivera nada de anormal.

— Mas e daí? — perguntei. — O que tem aquele nosso encontro a ver com isso tudo aqui?

— Tudo a ver — respondeu.

— Marcos, primeiro você me fez recordar a história de quando tomamos aquele porre no cemitério daquela fazenda; agora me diz que se "desintegrou" e pede para eu recordar um encontro casual que tivemos no balneário. Afinal, quem está pirado aqui: você ou eu?

O dr. Frederico, percebendo que me alterara, sugeriu que encerrássemos a sessão daquele dia e retomássemos no seguinte. Concordei, porque estava precisando daquela sala de meditação, de preferência em companhia de Lucy.

Esqueci, porém, que dentro da misteriosa sala do dr. Frederico nenhum pensamento passava despercebido e foi a própria Lucy que se incumbiu de me dizer que naquele dia ela não me acompanharia.

Minha curiosidade, somada ao desejo de entender todo aquele processo, ia aos poucos me absorvendo, tornando-me refém do mistério que envolvia aquela clínica. Ao mesmo tempo, desaparecia o medo de encarar a verdade.

Naquele dia fui sozinho até a sala de meditação. A clínica era como minha casa: conhecia todos os cômodos, todos os móveis. Sabia o que fazer em cada situação e apenas evitava duas coisas: a sala de choque e cruzar com dona Isaura.

Enquanto meditava, adormeci profundamente. A baixa luminosidade, a música relaxante que parecia brotar das almofadas e as esteiras espalhadas pelo chão, além do suave perfume que tomava conta da sala de meditação funcionaram como um anestésico, relaxando meu corpo e levitando meus pensamentos, levando minha mente a livrar-se de qualquer preocupação.

Em cinco dias de tratamento, aquelas horas que passei ali isolado, sem nenhum contato, proporcionaram um sentimento único de paz. Despertei sem nenhum sobressalto, exatamente às seis horas da tarde, sem choque e sem a interferência de dona Isaura. Dessa vez, o despertar foi acompanhado pela melodia "Ave-Maria", que de forma mágica substituía a música ambiente.

No final daquele dia, a sensação de corpo vazio fora substituída por um enorme sentimento de integração com o universo.

Sexto Dia

Acordei por volta das cinco horas da manhã. A ansiedade de ir para a clínica era grande. Ao meu lado, minha mulher dormia serenamente. Esperei com certa impaciência que despertasse. Algo me dizia que o dia na clínica reservava surpresas. A noite fora tranqüila, mas eu parecia ter recebido várias orientações enquanto dormia.

Enquanto aguardava que Paola despertasse, recordei o dia anterior, os diálogos trocados com Marcos e Fred e a fantástica transformação de estado de espírito sofrida por mim na sala de meditação. Muitas coisas ainda pareciam sem sentido; porém, sentia-me mais confiante em descobrir a verdade. Realmente, estava decidido a desvendar os segredos da clínica.

O esperado era que, ao entrar naquela manhã na sala do dr. Frederico, encontrasse o mesmo ambiente do dia anterior. No meu entender, estariam novamente reunidos à minha espera: o dr. Frederico; o garoto Fred; Marcos, meu primo; a sedutora Lucy; e meu falecido avô.

Porém, sempre uma surpresa me aguardava — e naquele dia não foi diferente. Na sala não havia ninguém à minha espera. Pensei em sair e comunicar o fato à atendente

Anna, mas resolvi dar uma olhada na sala anexa do divã. Constatei que realmente não havia ninguém lá.

Quando decidi reportar o fato a Anna, fui surpreendido inicialmente por um perfume com aroma que só combinava com mulher bonita, e depois com a própria mulher bonita: Lucy, que, com sua roupa, deixava à mostra toda exuberância de seu corpo.

— Por que está tão assustado? — perguntou ela.

— Entrei aqui e esperava continuar o tratamento iniciado ontem — disse.

— Garanto a você que o tratamento de hoje vai deixá-lo muito bem — disse ela com voz sedutora.

— Certo, mas os outros nunca se atrasaram. O que terá acontecido?

— Sente-se na cadeira do dr. Frederico — falou, como quem comanda. — Vou ser sua paciente. Esse é o nosso compromisso para hoje.

— Nunca fui médico, nem terapeuta. Sinceramente, não sei o que fazer.

— Nem eu — afirmou ela —, mas vamos conversar. Vou contar sobre minha vida e meus problemas e você dá sua opinião.

Lembrei-me do dia em que se consultou com meu avô, de sua ficha que eu lera durante a noite e, dentro do meu pensamento, fui interrompido por outro: será que ela conseguia lê-los? Ela imediatamente disse que sim. Naquela sala, o pensamento não era segredo.

— Então você já sabe que no dia em que contou sua história para meu avô, Marcos e eu também a ouvimos? — perguntei.

— Sim, eu sei, mas você não emitiu sua opinião.

— Lembro-me de que decidira se separar do seu marido e estava envolvida com um casal de amigos. Que tipo de opinião posso dar a respeito?

— A sua, logicamente — disse ela.

— Que diferença isso vai fazer? — perguntei.

— Tente se colocar no meu lugar — pediu-me.

— Ora, Lucy, isso é muito difícil. Sou casado e amo minha mulher. Já com você e seu marido, pelo que ouvi, a coisa esfriou e vocês descobriram que não valia a pena continuar.

— Foi isso mesmo, mas estou perdidamente apaixonada e não é só por um homem, mas por um casal.

— Isso é complicado e já disse que não tenho como ajudar. Você tem de falar com o dr. Frederico.

— Está com medo de pensar no assunto? — ela disse, me desafiando.

— Medo de quê?

— E se o casal pelo qual me apaixonei fosse você e sua mulher? — perguntou.

— Está tentando me confundir com essa conversa. Não sei qual é o intuito disso, mas a brincadeira está passando do limite. Vamos parar por aqui — disse.

— Na primeira vez, e em todas as outras em que nos encontramos nesta clínica, você me olhou de forma amável, desejando-me como mulher. Agora, quando lhe falo dos meus sentimentos, você reage de forma estranha, como quem não acredita que existam outras formas de amor além daquela que você conhece — ela argumentou.

Aquela conversa me deixava encabulado. Onde Lucy pretendia chegar? Por que me deixaram sozinho com ela, naquele dia? Conversa estranha daquela mulher. Realmente a achava muito sexy, mas seu jeito de falar de amor parecia encobrir alguma coisa suspeita.

Ela começou a dizer que aquela clínica era seu lar e que tudo ali era feito com muito amor. Os que passassem por lá seriam, com certeza, diferentes ao sair e amariam o mundo e as outras pessoas, independente de sexo, raça, crença — forma essa desconhecida pela maioria dos seres humanos.

— Vejamos você — disse-me ela, olhando com ternura, mas ao mesmo tempo com um ar de preocupação típico de quem quer ensinar da primeira vez, sem deixar dúvidas ao aluno. — Enquanto via em mim apenas uma mulher interessante — continuou —, seus olhos brilhavam e seu desejo era aparente. Dispensava-me toda atenção e parecia seguro em relação ao que queria de mim. Bastou ouvir que eu tinha uma forma não convencional de amar para me rejeitar como se eu fosse portadora de doença contagiosa. Minha função em seu tratamento é fazê-lo enxergar além da beleza física — coisa simples para muitas pessoas, mas de extrema complexidade para outras. A ausência de amor causa todo o mal da humanidade, enquanto a presença desse sentimento tão simples tem o poder de transformar as pessoas em portadoras da verdadeira felicidade. Amar o que é belo, aquilo que vai de encontro à nossa opinião, é fácil — completou.

— Olhe, Lucy, entendo bem o que você está dizendo, e concordo, mas quando amamos alguém deixamos de lado defeitos e um monte de outras coisas que não toleraríamos se de fato não amássemos aquela pessoa. Desculpe-me a franqueza, porém seu discurso não condiz com sua atitude, afinal você deixou de amar seu marido.

Sem demonstrar a menor irritação, ela disse, corrigindo-me:

— Ele e eu deixamos de lado uma convenção, o casamento. Isso é algo bem diferente de desamor.

— Então, me explique por que ficou magoada com ele?

— Porque faltou em mim exatamente o que tento passar para você agora.

— Espere aí! Pelo que eu saiba, estou aqui tratando de algo que me aconteceu. Nem sei explicar o que exatamente, mas já lhe disse que não foi problema de amor.

— Não fique nervoso, estou dizendo que vim mostrar a você o amor de forma diferente, o que não quer dizer que pretendo ensiná-lo a amar — disse ela.

— Sabe, Lucy, eu entendo o que é amar uma mulher, uma criança, a natureza, meu semelhante. Entende por que sua conversa parece-me mais uma maneira de se desviar do que realmente você quer de mim? — argumentei.

— Certo, Rony. Você quer que eu lhe diga onde está sua falha em amar?

— Será melhor se você der logo o seu recado — se é que ele existe! — disse.

— Você negligencia seu amor com a principal pessoa em sua vida.

— E eu posso saber quem é essa misteriosa pessoa?

— Misteriosa? Gostei do termo! — disse Lucy, com certa dose de ironia. — A principal pessoa em nossas vidas somos nós mesmos. Você, Rony, não se ama como deveria.

Parei por um instante.

Pensei comigo mesmo: "Pretensiosa. Mal me conhece e vem dizer na minha cara que eu não me amo".

— Engano seu, meu caro — disse Lucy. — Eu o conheço há muito mais tempo do que pode imaginar. Já o vi bebendo mais do que deveria, fumando três maços de cigarro por dia, dormindo a qualquer hora, não se importando com o dia seguinte, se alimentando de forma totalmente incorreta. Isso é só um exemplo do que sei a seu respeito.

— Para mim isso é viver intensamente. Agora, você vem dizer que eu não me amo!

— Viver intensamente é respeitar o corpo, cultivando de forma lúcida pensamentos, sonhos e emoções. Caso contrário você viverá intensamente uma ilusão quando beber de forma exagerada. Seu corpo é nossa morada, tem de estar funcionando bem para que possamos viver nele de maneira prazerosa. Você sentiu, quando começou o tratamento na clínica, a necessidade de ficar consciente e de expressar seus sentimentos de forma correta. Os medicamentos administrados funcionaram como a bebida, tiraram de você a chance de harmonizar naturalmente seus neurônios — comentou.

— Ei, Lucy! Realmente tem hora que pego pesado, mas não sou alcoólatra, e o cigarro me acalma. Está certo que preciso trabalhar. Acordo cedo, durmo tarde, mas minha saúde, por enquanto, está ótima. E tem mais uma coisa: meu corpo é minha morada, e não a nossa, como você disse.

— Rony, meu querido, abra sua mente e seu coração. Poucos têm a chance que você está tendo. Não resista. Aceite a verdade. Essa oportunidade que Deus está lhe oferecendo é um grande presente.

Comecei a perceber que aquela conversa era um pouco mais profunda. Precisava refletir sobre o que acabara de ouvir ali. Talvez Lucy estivesse me dando alguma dica. Por qual motivo eu fora para aquele lugar?

— Faça isso — disse ela, completando meu pensamento. — Reflita, medite, tente ser o mais autêntico possível com você mesmo. Sei que há momentos em que parece mais fácil nos escondermos, tentando iludir nosso cérebro com vários artifícios, encobrindo nosso verdadeiro eu, mas posso lhe garantir que o melhor que tem a fazer é aceitar a vida de forma plena, de cara limpa, de mente aberta, com o coração livre.

No começo daquela sessão podia imaginar tudo: cheguei até a pensar que o clima se encaminhava para uma aventura romântica, mas agora estava ali imaginando o quanto tinha me enganado com a aparência frágil daquela mulher. Embriagara-me com seu perfume e beleza e agora ela me trazia de volta ao mundo. Era como se tivesse tomado glicose na veia para cortar o efeito do excesso de álcool ingerido.

— Pronto, você conseguiu! Cortou meu barato e o porre passou! — brinquei com ela.

Mas a realidade é que me sentia bem. Olhava calmamente para ela e conseguia sentir toda a emoção que nos envolvia. Acabei confessando que nunca percebera que eu estava no comando total de minha mente quando senti as verdadeiras emoções e a felicidade em minha vida.

— Vamos fazer o seguinte — propôs Lucy. — Você me deixa comandar seu coração; o Fred fará o papel da criança; o Marcos será o jovem; você, o adulto, o lado da razão; e seu avô, a experiência. O dr. Frederico orientará qual e quando uma parte entra e sai da ação.

— Está propondo que deixe de ser eu mesmo e me transforme em uma mistura de pessoas, cada uma agindo em mim como se eu tivesse múltipla personalidade? Não me parece uma boa idéia — disse.

— Rony, novamente você volta a resistir. Vou lhe revelar uma coisa: você já é essa mistura de pessoas, como mesmo chamou sua existência. Todos trazemos dentro de nós a inocência de uma criança, o espírito aventureiro de um jovem, a experiência que às vezes confundimos com intuição, o amor de mãe no coração, e o lado razão, que é o uso racional da mente. Talvez a única novidade para você seja a canalização de cada sentimento para agir no momento exato de sua manifestação. Se abandonarmos qualquer um desses sentimentos, eles não terão mais por que nos acompanhar. Seria como mutilar um órgão do nosso corpo: o outro tem de se desenvolver para cobrir a deficiência.

— Entendi, Lucy, mas vamos devagar! Parece-me que sou formado por várias pessoas de idades diferentes, com funções diversas, inclusive de sexos diferentes? — perguntei.

— É por aí. Está esquentando, estamos chegando lá.

— E qual foi o lado meu que abandonei? — perguntei.

— Nenhum. Seu caso é como expliquei antes: você deixa que seus sentimentos se manifestem de maneira desordenada. Quando dirige embriagado, é a criança assumindo o lugar do adulto — explicou.

— Sabe, Lucy, eu poderia discordar de tudo isso, mas realmente tenho de admitir que, às vezes, ajo contra meus sentimentos. Há sete dias, quando me senti confuso e passei mal, sem explicação aparente, deixei de ouvir várias coisas dentro de mim. Acho que fiquei com medo. Minha criança interior se manifestou no lugar do adulto, que por sua vez preferiu agir como criança a assumir a intuição e ouvir o coração. O resultado foi que vim parar nesta clínica. Esperava desfazer a confusão, mas, sinceramente, nem sei mais o que pensar.

— Rony, sei que mexi demais com sua cabeça hoje. Você está se esforçando muito para entender tudo. Acalme-se! É mais simples do que parece. Tenho certeza de que conseguirá sair fortalecido de todo esse episódio — disse, acalmando-me.

— Tem razão, sinto-me cansado por hoje. Passamos o dia conversando e meditando. Olhe, já passam das seis horas da tarde e hoje acordei às cinco da manhã. Vou me encontrar com Paola, minha adorável mulher. Minha vontade é conversar com ela, contar tudo o que aconteceu aqui, mas sinto que ela não está preparada para ouvir. Pode ser que acabe concordando que fiquei meio maluco. Quando saio daqui, continuo tendo a sensação de que só meu corpo vai. Durante a noite, depois que adormeço, minha mente parece voltar, mas então meu corpo é que fica paralisado pelo efeito dos comprimidos que tomo para dormir — disse.

Com um beijo no rosto, despedi-me de Lucy. Como sempre, Paola me aguardava na sala de espera. Parecia mais acostumada com a situação. Ou será que estava sentindo alguma melhora em mim? Esforcei-me para parecer normal. Ela tentou deixar-me seguro.

Já no apartamento, Paola seguiu as orientações da clínica. Quase não me lembro do que acontecia antes de adormecer, só a rotina de tomar dois comprimidos para depois, num misto de sonho com realidade, sentir novamente meu corpo e minha mente integrarem-se. O pensamento parecia vivo como nunca. Já o corpo permanecia imóvel, desmaiado sobre a cama. Eis que então surgiu em minha cama, ou melhor, em meu sonho, Lucy. Será que eu estava obcecado por aquela espécie de fantasma, tão linda e tão sexy?

Paola podia entrar no quarto a qualquer momento. Será que ela conseguiria enxergar Lucy vestida com uma camisola transparente e deitada ali comigo?

— Não, ela não vai me ver, fique tranqüilo. Vai apenas sentir-me — disse.

— Como assim? — perguntei.

— Ela é apaixonada por mim.

Agora quem tinha pirado era aquela espécie de fantasma e, se meu corpo obedecesse aos meus impulsos, eu a jogaria pela janela naquele instante.

— Comporte-se! Esqueceu que agora sou seu coração? Deixe que ele se manifeste e você entenderá.

Paola entrou no quarto, mas não podia vê-la. Meus olhos insistiam em permanecer fechados, mas senti o seu perfume que eu adorava. Aproximou-se da cama, deitou-se ao meu lado e, como se recitasse uma canção, começou a falar de amor bem baixinho no meu ouvido e a me acariciar de uma maneira que só ela sabia.

A calma tomou conta do meu ser e tive novamente certeza de que estava entre os vivos. Senti que estava melhorando. O comando sobre o corpo me fora tirado pelo violento efeito do remédio, mas o amor em meu coração se restabelecera. Naquela noite, percebi que meu coração pertencia ao sexo feminino.

Sétimo Dia

No outro dia, ao chegar à clínica, fui orientado por Anna, a atendente, a aguardar um pouco na sala de espera. Despedi-me de Paola, que ia passear um pouco com as crianças e voltaria no final da tarde para me buscar.

Enquanto aguardava autorização para entrar na sala do dr. Frederico, folheei algumas revistas sem porém me ater a nenhum artigo em especial. Menos de dez minutos depois, recebi orientação para entrar.

Na sala, o dr. Frederico, sempre com seu jeito cortês porém austero, recebeu-me com a costumeira pergunta de como estava me sentindo. Comecei explicando que estivera meio confuso, mas já começava a entender o tratamento.

— Que bom, fico satisfeito com a notícia. Então, Rony, é hora de se abrir comigo e contar o que está se passando com você.

— Bem, doutor, ontem a Lucy me explicou o que o Fred, o Marcos, o meu avô, o senhor e ela própria significam em minha vida.

— É melhor você me explicar quem são essas pessoas, Rony. Tirando eu mesmo, não me lembro dessas que mencionou — disse.

Pensei comigo: "Deve ser pegadinha; ele quer é me testar, ver se estou acreditando ou só fingindo. Deve fazer parte do tratamento".

O dr. Frederico continuou insistindo para que lhe explicasse quem eram aquelas pessoas.

— O senhor lê meus pensamentos. Anteontem, na reunião que tivemos, eu também lia o de todos; hoje não estou conseguindo ler o seu. Qual é o segredo? — perguntei.

— Rony — ele disse com a voz carregada de preocupação —, vamos fazer alguns exames em você. Pode ser que exista algum problema físico afetando o funcionamento do seu cérebro. Não quero preocupá-lo, mas os medicamentos têm se mostrado pouco eficientes e, pelas informações que tenho, você nunca apresentou nenhum sinal de esquizofrenia, então o mal pode ser físico.

Senti vontade de pegar aquele médico pelo colarinho, pois a brincadeira estava indo longe demais. Respirei fundo e olhei feio para ele.

— Relaxe. Pode ser apenas uma suspeita. Como médico, é minha obrigação investigar tudo. Os remédios que tenho administrado são os mais eficientes no caso do diagnóstico suspeito. Agora que suas confusões mentais continuam, a ponto de você me dizer que está se comunicando de forma real com pessoas mortas, tenho de tentar novos tipos de terapia. Afinal, Rony, você quer ficar bem, não é? — disse ele.

— É, doutor. Só penso em acabar com tudo isso o mais rápido possível.

— Vai dar certo, confie em mim. Colabore com o tratamento e prometo que em breve tudo vai voltar ao normal — disse, chamando dona Isaura pelo interfone. Depois explicou que faríamos alguns exames na clínica e amanhã eu seria encaminhado a um hospital, pois precisaria de um exame só feito lá.

Eu estava quase em pânico. Sem a ajuda de alguém, como poderia me livrar daquela clínica? Tomei então uma decisão. Fingiria que estava tudo certo. À noite não tomaria os comprimidos, tentaria ficar consciente, explicaria tudo a Paola e pediria que me ajudasse.

Então dona Isaura surgiu com a rapidez de um furacão, abrindo a porta da sala e toda triunfante, como quem resgata um prisioneiro fujão. O dr. Frederico deu as orientações e percebi que o dia prometia; porém, planejei suportar o que viesse para tentar a sorte à noite.

Direto, sem escala, iria da sala do doutor, para a sala de choque. Ia à frente e aquele brutamontes chamado

Isaura seguia bem atrás de mim, como em uma escolta policial. Só faltava a arma e as algemas.

Chegamos ao território da maldade. Ela fechou a porta e ficamos sozinhos, como no primeiro dia. Tudo era muito assustador. Meu pânico virou terror. Lembrei das técnicas de relaxamento aprendidas com Lucy, mas era melhor não invocar fantasmas agora. Afinal, parecia que eles estavam provocando toda aquela confusão em minha vida.

— Troque de roupa e deite-se na maca... ou será que esqueceu como funcionam as coisas aqui? — perguntou a megera.

— Não, dona Isaura. Vou fazer tudo direitinho, pode ficar tranqüila — respondi.

— É melhor mesmo. Assim evitamos problemas — resmungou.

Deitado na cama de metal, ela colocou uma espécie de cinto de couro prendendo meus tornozelos e pulsos. Explicou que era para evitar que, devido à agitação, eu desligasse o emaranhado de fios presos por bolachas de borracha em minha cabeça. Então colocou os fios e virou-se para pegar, sobre um carrinho que trouxera para perto de nós, a seringa com a injeção. Perguntei, com medo de receber uma resposta positiva:

— Vai ter choque para me acordar no fim do dia?

A resposta veio como quem fazia aquilo com prazer:

— É lógico! Faz parte do tratamento e é bom para organizar as idéias.

Apesar de estar preso à maca e com a cabeça toda cheia de fios, não me contive e disse-lhe:

— Se isso serve para organizar as idéias, por que você não toma logo uns mil volts?

— Fique bonzinho senão erro a veia — disse, espetando a agulha e injetando o líquido da seringa.

O efeito era tão rápido que, antes de chegar ao fim da injeção, eu já estava viajando, sonhando, delirando. As sensações eram as mais variadas: podia virar criança novamente; de repente estava em um país estranho falando uma língua desconhecida; outras vezes parecia estar voando sobre florestas, conversando com bichos. Havia momentos em que o efeito da injeção parecia ter passado, mas eu continuava grogue, meio acordado, meio dormindo.

Um canudinho de tomar refrigerante era colocado em minha boca. Quando sugava o líquido, era um chá amargo, às vezes substituído por um outro doce demais. Nesse dia fui despertado mais cedo que o usual e sem choques, graças a Deus. Nem o costumeiro susto foi utilizado. Apenas me deram algo para beber e depois soltaram meus tornozelos e pulsos. Em seguida tiraram todos os fios de minha cabeça e gentilmente pediram que sentasse na maca.

Vi então que lá estavam o dr. Frederico e a dra. Cris, da terapia de grupo da qual eu participara. Olhei para conferir se dona Isaura não estava presente, só para me certificar de que a bruxa não tinha preparado alguma surpresa desagradável para mim. O dr. Frederico, vendo minha preocupação, perguntou:

— O que está incomodando você, Rony?

— Nada, doutor. Só estava procurando a dona Isaura — respondi.

— Ah, Isaura! — disse ele. — Ali está uma pessoa dedicada, que me acompanha há mais de 30 anos.

— Nossa! — disse a dra. Cris com espanto. — Quando ela começou a trabalhar com você eu nem era nascida...

Entrei na conversa e falei: — Nem eu!

— Bem, desse jeito vocês fazem com que eu me sinta um velho — disse o dr. Frederico.

— Imagine, você não aparenta a idade que tem! — argumentou a dra. Cris.

Pensei comigo: "Mas que coisa! Eu aqui nessa agonia e esses dois trocando amabilidades!".

— Rony, a dra. Cris vai lhe aplicar alguns testes. Podem parecer joguinhos infantis, mas leve a sério. Junto com o exame que fará amanhã no hospital, serão imprescindíveis para que eu faça um bom diagnóstico.

Por mim, qualquer brincadeirinha com a dra. Cris seria melhor do que a dura realidade de ter de enfrentar a dona Isaura. E depois já estava resolvido: aquele seria meu último dia ali.

— Vamos até lá em cima na minha sala — chamou a médica. Sob o olhar analítico do dr. Frederico, deixamos a sala de choque e seguimos corredor afora até alcançarmos as escadas que davam acesso ao andar superior. A sala era a mesma das sessões de terapia em grupo, só que dessa vez só estávamos eu e a doutora.

Ela me orientou a escolher qualquer lugar da sala para sentar e depois me entregou uma cartolina branca e alguns lápis de cor.

— Desenhe sua família, sua casa, uma árvore, um animal, o que vier à sua mente. Não tenha pressa.

Tentei da melhor maneira possível, mas desenhar nunca fora o meu forte e o resultado deixaria com vergonha qualquer criança da pré-escola.

— Sabe, doutora — disse, tentando me justificar e entregando-lhe aquela cartolina toda cheia de desenhos que nem eu mesmo sabia reconhecer o que eram —, sou um péssimo desenhista e, além de tudo, ainda estou meio zonzo pelo efeito da injeção.

— Não se preocupe, Rony. Vou utilizá-los apenas para analisar alguns traços. O importante nesse caso não é a qualidade dos desenhos, mas a maneira como você os colocou no papel.

Pensei comigo: "Para mim, ela só quis ser educada".

— Agora vou vedar seus olhos e caminhar com você pela clínica. Tire os sapatos, por favor — disse, dando continuidade aos testes.

Fiquei descalço. Ela colocou uma venda em meus olhos e me conduziu como um cego pelas dependências da clínica. À medida que caminhávamos, fazia uma série de perguntas, me alertando às vezes sobre algum degrau ou obstáculo. Ao chegarmos ao jardim interno, soltou meu braço e disse:

— Vou orientá-lo. Avisarei todas as vezes que houver um obstáculo.

Então comecei a andar como quem brinca de cabra-cega. Ela dizia: "Para a direita, para a esquerda". Sentia-me o próprio babaca, mas teste é teste e, pensando bem, aquilo tinha me livrado do choque e, por tabela, da dona Isaura.

Ainda no jardim, a dra. Cris tirou a venda que cobria meus olhos e pediu que permanecesse com eles fechados até que dissesse para abri-los. Quando fui orientado a fazê-lo, estava diante de uma parede branca, distante cerca de mais ou menos 30 centímetros. Atrás de mim, a voz dela orientava-me sobre como agir: eu deveria imaginar, naquela parede à minha frente, qual desenho daqueles da cartolina eu conseguia visualizar melhor e depois dizer a ela.

Após algum tempo, já tinha falado sobre minha família, minhas crenças, meus esportes favoritos etc. Acabei achando o teste interessante, apesar de não entender qual a ligação daquilo tudo com meu tratamento.

A dra. Cris então me orientou a ir para a sala de relaxamento e refletir sobre o que sentira ao fazer os desenhos na cartolina, ao andar de olhos vendados, e quanto à projeção de imagens na parede branca. Seguindo sua orientação, foi o que fiz.

Ao chegar à sala de meditação, o local estava tranqüilo como sempre, mas por pouco tempo. Logo os quatro fantasmas apareceram para uma reunião sem meu prévio conhecimento. Minha primeira providência foi verificar se tinha mais alguém na sala além de nós cinco. Constatei que só havia eu e minha imaginação... ou seria loucura mesmo? Será que se fugisse dali eles me acompanhariam? Começou a telepatia outra vez e, respondendo a meus pensamentos, meu avô disse:

— Meu neto, confie em mim! Jamais duvide de sua capacidade de ir além, de sentir e de perceber o que outros, por medo ou descrença, acabam tentando desestimular. O que vou lhe falar agora pode parecer estranho, mas é a forma que encontrei de fazer com que você acredite que estamos juntos para melhorar a vida das pessoas e nunca para prejudicá-las. Acompanhei todo o seu dia hoje na clínica. Vi sua decepção ao perceber a descrença do dr. Frederico. Percebi todo seu pânico ao entrar novamente na sala de choque. Estava junto a você enquanto rabiscava na cartolina e andava de olhos vendados. Ajudei-o a imaginar cenas nas paredes brancas, narrando-as para a dra. Cris. Afinal, já sei os resultados do exame que fará amanhã no hospital. Por favor, continue até o fim. Se assim o fizer, poderá aprender a auxiliar pessoas a se libertar dos preconceitos e do medo. Tenho certeza também de que desistirá de persuadir sua mulher a ajudá-lo a fugir. Se abandonar sua missão agora, carregará com você a dúvida, que nada mais é do que a falta de crença que gera o medo e traz a infelicidade.

Diante de tanta convicção, achei melhor segurar a barra e esperar o exame que faria no dia seguinte no hospital.

Tinha chegado a hora de encontrar Paola, e a idéia inicial de tentar fazê-la entender o que se passava comigo na clínica cedeu lugar aos argumentos apresentados por meu avô.

OITAVO DIA

Pela manhã, por orientação do dr. Frederico, em vez de seguirmos para a clínica, Paola me levou ao hospital indicado para o exame. Lá chegando, tudo já havia sido previamente agendado pelo médico. Disse meu nome ao atendente da recepção e logo fui encaminhado a uma unidade do hospital que faria o exame para averiguar a possibilidade de um tumor em meu cérebro.

Após ser submetido ao exame em um aparelho desconfortável, mas que, de acordo com os médicos, era muito confiável, fui atendido por um japonês de jaleco branco que me disseram ser o especialista. Ele nos informou que enviaria o resultado diretamente ao dr. Frederico.

Saímos de lá e Paola me levou para a clínica. No caminho, dentro do carro e consciente, pensei em contar-lhe o que estava acontecendo, mas imediatamente veio à minha cabeça o que meu avô dissera no dia anterior.

Minha curiosidade estava aguçada quando cheguei. Era hora de fazer a refeição com todo o ritual que, como já disse, parecia indiano. Depois de almoçar, fui encaminhado para a sala de meditação e lá estava meu avô em companhia dos outros dois amigos, Fred e Marcos, e da mulher que afirmava ser meu coração, a linda Lucy.

Desafiei meu avô:

— Então, qual foi o resultado do exame?

— Existem dois resultados: o que vão lhe dizer no final do dia, quando Paola estiver junto: que infelizmente você tem um tumor na pineal que está afetando suas funções cerebrais...

— E o segundo, vovô? Diga logo! — implorei.

— Esse outro depende de você.

— Como assim, depende de mim? — perguntei.

— É, meu neto. Quando você se sentiu mal naquele dia, foi um chamado. Você resistiu e eu tinha duas escolhas: ou levava você ou seu primo Marcos. Como pode ver, ele está aqui em vez de você. Algumas coisas, porém, ele ainda queria fazer durante os anos que lhe restariam se fosse envelhecer na terra e ele, confiando na semelhança entre vocês dois, está aqui exatamente para pedir-lhe que faça do amor, sua principal razão para viver; da intuição, o guia para nortear suas decisões; das experiências, o aprendizado para arriscar mais na próxima aventura; da razão, a interpretação correta para saber utilizar cada coisa no momento certo — completou.

— O que é isso, vovô? Uma negociação entre viver e morrer? — perguntei.

— Não há como negociar a vida e a morte; todo fim é um recomeço, assim como todo recomeço é proveniente de algo que terminou. Você foi treinado pela sociedade em que vive a acreditar em muitas coisas irreais, mas o pior de tudo é que o convenceram a deixar de crer no que realmente é verdadeiro — seus próprios sentimentos. Responda-me, meu neto, o que nos dá mais felicidade? O que pensamos ou o que fazemos?

— Olha, vovô, eu estaria mentindo se dissesse que não sei a resposta. Quando faço alguma coisa, pensei antes em fazê-la; portanto, fiquei feliz quando pensei e só se a coisa der certo continuarei feliz por ter feito. Se sair errado, aprendi algo, mas vem o sentimento de derrota e é lógico que não me sinto feliz.

— Certo. A felicidade ou a infelicidade estão no pensamento, ou seja, em nosso interior, e não nas coisas que estão à nossa volta — disse ele.

— Agora, por exemplo, estou me sentindo infeliz. Sei que tenho um tumor na cabeça. Percebi que o resultado era preocupante quando vi a reação do médico que fez o exame. Mudar essa situação não depende de mim. Como posso me sentir feliz então? — perguntei.

— É simples, Rony: o que não tem remédio, remediado está.

— Esperava uma resposta mais séria! — disse, sentindo-me desapontado.

— Rony, o que você realmente esperava é que eu lhe desse uma solução. Nunca achará fora de você a força ou a coragem. Apenas encontrará grandes amigos que lhe darão bons incentivos e conselhos, mas o resto é com você!

— Muito esclarecedor — disse. — Eu aqui com um tumor na cabeça, rodeado por gente que já morreu, e você ainda diz que só não fui antes porque levou meu primo no meu lugar. Fora da clínica, minha mulher cuida de nossos dois filhos e espera que eu volte a ser normal. Recebo uma missão muito bonita, mas é como dar um livro escrito em latim para um analfabeto.

— Esse tipo de reação que você insiste em manifestar, Rony, não vai colaborar em nada. Ou aceita ou não aceita. A opção é sua, só sua — ele completou.

— Vovô, já disse que aceito!

— Então siga em frente e pare de criar dificuldades.

Eu estava totalmente envolvido naquele processo. Ainda misturava muita coisa em minha mente, mas a idéia de conviver com aquelas pessoas ali já não me parecia tão absurda. Além disso, o que tinham para transmitir parecia, a princípio, coisas muito legais. Saindo daquela clínica eu estaria mais preparado para enfrentar o mundo lá fora. Pensando assim, resolvi ir fundo, afinal de contas, o que poderia perder na situação em que me encontrava?

Fui chamado à sala do dr. Frederico para ouvir, junto com Paola, o resultado do exame que fizera pela manhã no hospital. Quando entrei, minha mulher já se encontrava lá e os dois não conseguiam esconder o ar de preocupação. Com certeza tinham feito algum comentário a respeito do resultado do exame antes que eu entrasse.

O dr. Frederico pediu que me sentasse, o que fiz após dar um beijo no rosto de Paola. Os olhos dela denunciavam choro e a reação era a de que tinha sido instruída por ele a conter qualquer emoção.

— Rony, minha suspeita de que algo físico poderia estar atrapalhando suas funções cerebrais infelizmente foram confirmadas no resultado do exame que acabei de receber do hospital. Vocês vão ter de ser fortes para encarar o que pode vir pela frente. Há um tumor. Por coincidência, estarei ainda hoje em São Paulo, em companhia de um dos maiores neurocirurgiões do país. Vou levar os exames para ele ver e saber sua opinião. Amanhã estarei de volta após o almoço e quem sabe já tenha uma posição a respeito da melhor maneira de resolver o problema.

Ao perceber que, mesmo sendo objetivo ao me dar a notícia, não demonstrei surpresa, foi ele que se surpreendeu com minha reação e perguntou:

— Então, Rony. Você entendeu bem a gravidade da situação?

— Entendi, doutor, mas tenho certeza de que encontraremos uma solução.

— Seu pensamento positivo vai nos ajudar muito — disse ele —, porém, não será nada fácil.

— Entendo. Vendo somente pelo lado da Ciência, isso lhe parece complicado mesmo.

— Não entendi o que você quis dizer — afirmou ele, olhando ora para mim, ora para Paola.

Ela interveio em nossa conversa:

— Deixe, doutor. Depois explicarei a ele com mais calma.

Pensei em dizer que já sabia daquele resultado do exame e que, apesar de meu avô afirmar não ter como interferir na vida nem na morte, ele me dissera que haveria um segundo resultado para o exame e que só dependeria de mim.

O dr. Frederico disse a Paola que confusões mentais eram naturais no meu caso e que depois que ela falasse com o especialista em São Paulo seria mais bem orientada. Paola, já orientada pelo médico sobre como proceder comigo até o dia seguinte, levou-me para o apartamento. Ao chegarmos, meus pais, que depois de muita insistência de Paola viajaram de Minas para Santos, nos esperavam.

Sem manifestar qualquer tipo de emoção, cumprimentei-os com um breve e frio abraço. Minha mãe parecia mais preocupada em se explicar com Paola sobre a demora deles do que com meu estado de saúde. Meu pai aproveitou para dizer que tudo aquilo era culpa de minhas bebedeiras, cigarros e noites sem dormir. É lógico que, depois de ouvirem de Paola, longe de mim, a respeito do tumor, ficaram preocupados.

A reação de minha mãe foi procurar uma igreja que tivesse missa naquele mesmo dia, para que fôssemos os quatro — ela, Paola, meu pai e, lógico, eu. A missa seria rezada com a intenção pelo restabelecimento de minha saúde. Na igreja, o olhar de meu pai demonstrava preocupação, algo raro de ser percebido por qualquer outro gesto dele.

Lembro-me de que, enquanto rezavam, me sentia como um condenado, fadado ao fim. Na hora da leitura das intenções da missa, além de meu nome, havia outro conhecido, mas que podia não ser o da mesma pessoa. Quem estava lendo disse: "Pelo pronto restabelecimento da saúde de Rony e pela intenção da alma de Marcos".

Fiz de conta que passara despercebido o nome de meu primo. Todos à minha volta pensavam que eu não estava em meu juízo perfeito, o que não era verdade.

Meu senso de captação e de sensibilidade estava mais aguçado do que nunca.

Antes de irmos para o apartamento, passamos em uma sorveteria e, distraído, deixei o sorvete cair do copinho. O fato parecia confirmar que nem mais coordenação motora eu estava tendo.

Fiquei feliz ao perceber que aquele dia marcava a volta do meu corpo à minha mente, ainda meio sem sintonia, é certo, mas, pensando bem, eles sempre andaram fora de compasso, ou seja, mesmo antes daquele processo às vezes eu pensava rápido demais e o corpo demorava a responder. Tanto que meu pai costumava dizer que eu era estabanado.

Seguimos para o pequeno apartamento que alugamos para passar as férias. Meus pais também ficaram hospedados lá. Paola organizou tudo de maneira que ficassem no quarto com as crianças. Nós ficaríamos na sala, em um colchão de casal colocado no chão.

Notei que ela tinha comprado mais remédios que o habitual. Não questionei, mas comecei a colocar em prática meu plano de fingir que os tomava. Queria ficar lúcido, sem interferência de medicamentos, e pelo menos ali era possível. Na clínica não. Lá a injeção era aplicada, tornando praticamente impossível qualquer plano para me livrar dos efeitos dos medicamentos.

Assim, teria toda a noite para arquitetar alguma maneira de me livrar dos efeitos daquelas drogas que me tiravam o poder de decidir o quê e como fazer as coisas.

Nono Dia

Era evidente a ansiedade de Paola e de meus pais por uma notícia a respeito da conversa que o dr. Frederico teria com o neurocirurgião.

Ao me levarem de manhã até a clínica, o clima dentro do carro chegava a ser cômico. Minha mãe nem sonhava que eu estava me encontrando e recebendo orientações do pai dela, falecido há muitos anos. Meu pai contava algumas histórias e relembrava o passado, quando ainda exportava café no porto de Santos. No momento em que suas recordações começavam a ficar interessantes, ele era interrompido por um sentimento de estar falando na hora errada ou pelas repreensões de minha mãe.

Paola dirigia o carro e parecia totalmente confusa, sem saber o que dizer. Quando eu arriscava algum comentário, fazia-se um silêncio tão grande que eu logo parava de falar. Qualquer deslize, por mais comum que fosse naquela situação, imediatamente se transformaria na confirmação da suspeita de que eu tinha realmente pirado.

Ao chegarmos ao hospital, fomos informados de que o dr. Frederico só voltaria de São Paulo no final da tarde. Mesmo assim, minha família fez questão de me acompanhar até a sala de espera. Fiquei aos cuidados da atendente Anna, simpática como sempre, e já orientada sobre o que fazer até o retorno do médico.

Despedi-me de Paola e de meus pais com um certo sentimento de alívio. Naquele dia, eu deveria ficar a maior parte do tempo na sala de meditação. Caso tivesse alguma crise, a dra. Cris já sabia como proceder.

Entrei na sala de meditação como quem entra em seu refúgio predileto. Sabia que meus amigos não demorariam a aparecer. O primeiro a chegar foi Marcos:

— E aí, primo? Como foram as coisas lá fora?

— Marcos, primeiro me responda: como são as coisas depois de morto?

— Sou um morto inexperiente, tudo é novidade, mas com certeza vejo as coisas de forma completamente diferente — respondeu.

— Diferente como? — quis saber.

— Rony, quando estamos aí do outro lado, tão preocupados em descobrir o futuro, acabamos jogando fora a oportunidade única de viver o presente.

— Mas Marcos... estou cansado de ler e ouvir do lado de cá: “Você tem de viver o presente”. Mas há coisas a planejar para o futuro e às vezes fico pensando sobre o que aconteceu no passado — expliquei.

— Essa é a grande diferença entre o plano que você escolheu ficar por mais algum tempo e este que estou começando agora. No plano em que você vive, existem coisas chamadas de passado, presente e futuro. Aqui, onde inicio uma nova jornada, tudo é presente. Quanto menos precisamos da matéria, mais leve nos tornamos, o que nos permite viver em qualquer tempo.

— Quer dizer que você pode predizer meu futuro? — perguntei.

— Não, Rony. Se aqui só existe o presente, é impossível ir para o futuro — explicou.

— Mas Marcos, você acabou de dizer que pode viver em qualquer tempo! — insisti.

— Isso é verdade, mas entenda que qualquer tempo é diferente de passado e futuro.

— E qual é a diferença?

— Rony, eu posso acompanhar em vários lugares pessoas vivendo em tempos diferentes, mas para mim é sempre presente.

— Vamos ver se entendi: eu mesmo, vivo aqui, em vários tempos diferentes?

— Se você mudar um pouco sua visão de "eu", estará no caminho certo, Rony.

— Como mudar a minha visão de "eu"? Sou Rony Silva, casado com Paola, pai de dois filhos, vivo em Minas, estava passeando em Santos e...

— Continue, Rony... E o quê?

— Agora converso com mortos. Ando entre os vivos. Há um médico dizendo que estou com um tumor na cabeça. Minha família me olha como se eu fosse um estranho. Tomo choque, injeção, chá e um monte de comprimidos.

— Você está no presente ou no passado? Ou está tentando imaginar o futuro?

— Sinceramente, primo, parece que esqueci o passado e não sei se tenho futuro. A conclusão triste é que este é o meu presente.

— Triste por quê?

— Ainda pergunta por quê? Estou feito charuto na boca de bêbado!

— Rony, pense comigo. Se você viu que, além dos entes queridos que vivem neste plano, existe em um outro algo misterioso ao entendimento, mas que significa a continuidade e a liberdade que tanto tentamos viver, o que pode estar provocando tristeza?

— Marcos, acho que você está tentando voltar e trocar de lugar comigo!

— Por que chegou a essa conclusão?

— Porque para mim morreu, acabou. Nunca fui de acreditar nisso que estou vivendo agora.

— Em que acredita, então?

— Já disse, Marcos. Agora não é mais uma questão de acreditar ou não. Estou vivendo isso tudo. Pensei em pesadelo, alucinação; até que ficara maluco, só que a cada teste que faço as coisas se tornam mais reais. Tenho de admitir; do contrário, como posso explicar que fiquei sabendo de sua morte por você mesmo? E aquela história do menino Fred? E o fato de meu avô ter me dado o resultado do exame antes mesmo de eu tê-lo feito? Aliás, por falar em avô, por onde ele anda?

— Deve estar dando uma força para a sua mãe, afinal, ela é filha dele e está angustiada com seu exame.

— Quer dizer que ela também sabe que o pai fica por aí?

— Rony, as pessoas sentem uma força, uma capacidade de seguir em frente, mas não conseguem nos ver como você.

— Isso quer dizer que sou diferente?

— Vamos dizer que você está mais atento do que os outros.

— Como assim, mais atento?

— Todos têm capacidade de viver em sintonia com seus guias ou anjos da guarda. Alguns, tão ocupados, se esquecem de ouvi-los. Distraídos com os chamados problemas da Terra, quando mais precisam solucioná-los, estão fora de sintonia.

— Marcos, pelo pouco tempo que está aí, parece que aprendeu bastante, hein?

— Eu sempre soube, assim como você e qualquer ser humano. O que acontece é que, na maioria das vezes, usamos nossos pensamentos e lembranças para coisas sem importância — aquelas que nunca irão acontecer ou então, estamos tentando consertar o passado. Assim, ocupamos o pouco utilizado da nossa mente para adivinhar em vez de usá-la para fazer acontecer.

— Estou surpreso. Parece um mestre ensinando. Onde está o garotão que queria todas as gatinhas da face da Terra?

— Hoje eu as tenho, primo.

— Então foi por isso que resolveu morrer no meu lugar?

— Rony, ninguém escolhe morrer no lugar do outro; a única opção é a que você fez: escolher viver mais tempo aí desse lado.

— É... quando passei mal na balsa, realmente achei que a morte estava chegando, mas pensei na Paola, nos meus filhos pequenos e, até vou confessar, fiz uma oração.

— Viu como você estava atento?

— Certo, Marcos, estava atento e pedi para não morrer... E você, por que não fez o mesmo?

— Rony, pode não parecer, mas eu estava cansado, pensava muito em como seria meu futuro. Aí, quando mergulhei naquela piscina, me senti muito mal, a cabeça começou a doer. Saí e fui me deitar no colo da minha namorada. Quando fui convidado a partir, achei que não deveria lutar e aqui estou.

— Você vai poder estar sempre aqui, Marcos?

— Esse é um dos mistérios da vida, Rony. Para saber a resposta, você vai ter de passar ainda por algumas etapas.

— Estou sentindo que você não pode falar muito a respeito disso.

— Acontece que tudo tem a sua hora, Rony, e ainda não é o momento de abordarmos esse assunto.

Nesse instante, meu avô surgiu do nada. Parecia muito feliz.

— Olá, vovô. Por onde andou? — perguntei.

— Estava ajudando sua mãe a continuar forte, a ter fé e a tranqüilizar seu pai e Paola.

— Ótimo! E qual o resultado?

— Rony, você mesmo poderá ver quando vierem conversar com o dr. Frederico no final da tarde. Sua mãe é um exemplo a ser seguido; nunca aceita a doença nem a fraqueza que abatem a maioria das pessoas.

— Sabe, vovô, notei que ela fala pouco a seu respeito, mas quando o faz é sempre com muito orgulho. O que houve entre vocês de fato? — quis saber.

— Olhe, Rony, é um assunto muito difícil para mim. Existem coisas que só aprendemos com o tempo. Quando sua avó morreu, sua mãe era bebê, como você sabe. Eu me senti totalmente perdido e achei que todos eram culpados, inclusive eu. Abandonei tudo e fui procurar uma resposta para meu coração no estudo da Medicina. Meu sofrimento era tão grande que esqueci de viver e passei a me dedicar totalmente aos livros. Também encontrei na bebida uma maneira de mascarar minha dor. Nada resolvia. Quando me formei, sua mãe já era menina e estava recebendo uma educação maravilhosa daqueles a quem deleguei sua criação. Achei que para uma menina órfã de mãe seria a melhor opção. Minha vida era totalmente desregrada, sem nenhuma disciplina. Quando dei por mim, ela já era mulher feita. Nossa maior divergência parecia estar no campo da crença. Os tios que a criaram fizeram dela uma mulher de muita fé e coragem, mas também que acreditasse ser os católicos os únicos donos da verdade. Eu procurava muito mais do que a Igreja Católica podia me explicar e acabei passando por experiências que contradiziam alguns de seus dogmas naquela época. Isso acabou colocando sua mãe e eu, de certa forma, em lados opostos. Apesar de crer no mesmo Deus e buscar consolo por meio da fé, alguns de nossos pontos de vista se chocavam.

— Se foi assim, por que me fez chamar tanto por minha mãe, logo que comecei a passar mal aqui? — perguntei.

— Como pai, não podia ser omisso outra vez. Esse momento vai transformá-lo e, de alguma forma, você a ajudará a acreditar que existe mais de uma verdade.

— Só que ela demorou a vir e, com certeza, por mais que lhe diga o que acontece aqui na clínica, ela vai relutar em acreditar.

— Rony, também tenho certeza disso.

— Vovô, sinto desapontá-lo, mas ela vai acreditar que o que valeu foi o pedido que fez na missa para que minha saúde fosse restabelecida.

— E ela tem razão, meu neto. Somos uma união de forças, todas interagindo a favor de que algo bom aconteça; sendo assim, ela foi perfeita.

— E como vou mostrar a minha mãe que você também, com sua crença maluca, interagiu?

— No momento certo você saberá, Rony.

— Vai demorar muito para esse momento chegar?

— Rony, o tempo deixa de ser uma preocupação no plano em que vivo.

— Por falar nisso, aqui, o tempo não pára; quero ver a cara do dr. Frederico quando tiver de explicar que ele e o japonês se enganaram a respeito do resultado do exame.

— Meu neto, preste atenção: eles não se enganaram, o diagnóstico estava correto. Lembra quando lhe disse que havia dois resultados?

— Lembro, e que o segundo resultado dependia de mim.

— Então, Rony. Como você decidiu pela vida e saúde e tem lutado por isso, alterou o resultado do seu exame.

— Já entendi. É que às vezes esqueço dos poderes que temos.

Ouvi alguém bater delicadamente na porta da sala. Com certeza não era dona Isaura. Podia ser a atendente Anna ou a dra. Cris.

Era a Anna; comunicou-me que o dr. Frederico me aguardava em sua sala. Meus movimentos foram ágeis e logo já estava entrando na sala do médico.

Acho que Anna ficou até um pouco assustada com toda aquela ansiedade. Quando entramos, o dr. Frederico logo me cumprimentou:

— Você tem muita sorte, Rony. Nossas suspeitas não se confirmaram. Onde estão seus familiares? Quero dar as boas-novas.

A empolgação do médico fez com que eu acreditasse que ele também fazia parte dos que se uniram a meu favor. Logo entraram Paola e meus pais. Anna fez o papel de babá com as crianças na sala de espera. O dr. Frederico explicou com euforia que, ao examinar meus exames em São Paulo, ele e o famoso neurocirurgião constataram que aquilo que parecia ser um tumor não passava de uma mancha, uma calcificação na glândula pineal, inofensiva ao cérebro.

Paola não se conteve. Deixou algumas lágrimas rolar. Minha mãe, apesar do autocontrole, também não conseguiu disfarçar. Meu pai tentou dizer alguma coisa, mas virou o rosto como quem procurava uma desculpa para sair dali. Entre os presentes, a menor emoção parecia a minha e a do dr. Frederico, que, como bom analista, não deixou passar despercebido:

— Bem, agora só falta terminar o tratamento psicológico. Por favor, deixem-me a sós com o Rony.

Paola e meus pais saíram da sala, como um time que ganha um campeonato. Senti-me como aquele jogador que chuta o último pênalti para fora.

— Rony, agora vamos intensificar o tratamento — disse, mais confiante do que nunca.

— Sinto-me muito bem, doutor. Acho que posso voltar para Minas.

— Calma. O pior já passou, mas ainda há muito trabalho. Agora vá compartilhar a boa notícia com seus familiares e amanhã, como de costume, retomaremos o tratamento.

Saímos da clínica quase noite. Minha mãe insistia em achar alguma igreja no caminho. Meu pai me olhava com vontade de me dar umas porradas pelo susto, meio desconfiado de que eu sabia algo. Paola estava radiante e até parecia acreditar ter um marido normal ao seu lado. Mas durou pouco, até eu dizer aquelas infelizes palavras:

— Agora que o susto passou, vou contar o que acontece dentro da clínica — disse. — Eles me enchem de remédio, colocam-me em uma maca todo amarrado e ainda me dão choques na cabeça. — Pronto. Acabara de desobedecer à velha lei que dizia que o "bom cabrito não berra".

Surpresa total. Esqueceram a igreja. Até as crianças, calmas no carro, se agitaram.

— Que absurdo você está dizendo, meu filho! — exclamou minha mãe.

— Esse menino só pode ser doido mesmo — completou meu pai.

Paola, que era morena cor de jambo, ficou branca como neve. Na hora percebi que tinha estragado tudo.

— Olha, Paola — disse minha mãe —, se Rony continuar assim, é melhor o levarmos para Capitólio e interná-lo.

Pensei em argumentar, mas qualquer coisa poderia ser usada ali mesmo contra mim. O que apenas pude falar, antes de tudo desandar de vez, foi:

— Vamos dormir. Estou cansado.

Já deitado, Paola chegou com a mão cheia de comprimidos e um copo de leite. O leite tomei, mas os comprimidos devem estar lá até hoje, em um buraco que abri no travesseiro. Pensando bem, com uma dose daquela, aquele pobre travesseiro já deve ter saído voando sozinho pela janela.

Décimo Dia

A noite anterior fora tranqüila, apesar do zunzunzum de meus pais e Paola enquanto eu fingia dormir.

Cheguei à clínica pela manhã, disposto a pôr um ponto final naquela loucura toda. Precisava de cautela para não incorrer no mesmo erro da noite passada. Entrei na sala do dr. Frederico disposto a falar tudo.

— Rony, você precisa terminar o tratamento. Veja como tem melhorado. Estamos acertando os medicamentos. Agora só falta acabar com alguns traumas que o deixaram confuso. Com a ajuda da dra. Cris, vou intensificar sua terapia. Quanto mais colaborar conosco, melhor será para todos.

— Certo, doutor, mas preferia não tomar mais a injeção e, logicamente, também gostaria que o choque fosse descartado definitivamente.

— Mas Rony... veja como você melhorou. Estamos no caminho certo. Modificar o tratamento pode ser perigoso a esta altura.

Pensei em contar que estava jogando fora os comprimidos e que só tomava a injeção porque não encontrara um meio de me livrar dela, principalmente por ser aplicada pela sua fiel escudeira, a dona Isaura.

De repente vi o dr. Frederico meio pálido, do mesmo jeito que Paola na noite anterior, mas juro não ter dito nada, só pensei. Em seguida ele apoiou o cotovelo na mesa, pôs a mão na testa tapando os olhos, retomando a velha posição de pensador, limpou a garganta, mudou o tom de voz e falou:

— Deixemos de lado as convenções; não há tratamento a ser feito, mas, sim, treinamento, Rony.

— Quem está aí agora? — perguntei.

— Todos — respondeu secamente.

Sair correndo dali seria o mais sensato, mas a curiosidade falou mais alto.

— Então me expliquem logo, por favor! — implorei.

— Calma, primo — ouvi a voz de Marcos vindo de algum canto da sala.

— Deixe-me explicar — falou a voz de meu avô, saindo da boca do dr. Frederico. — A fase de experiências acabou, meu neto. Parabéns, você passou nos testes.

— Eu sei, vovô. A fase de experiência acabou, mas não acabaram minhas dúvidas nem as dos que vivem comigo.

— A dúvida sempre vai existir em qualquer ser humano, e é por isso que a coragem e a fé fazem parte da vida dos que superam dificuldades e aprendem a seguir em frente, indiferentes ao inexplicável ou não. Ouse acreditar sem ver e enxergará nas trevas. Duvide do que sente e nada poderá ver mesmo com a ajuda da mais poderosa das luzes, a luz do sol. Você, Rony, venceu a morte exatamente quando acreditou que podia vencer o desconhecido. Ao sentir-se mal, não hesitou em procurar ajuda em seu interior. Invocou a Deus e, por intermédio dos meios de que dispunha, pediu para ficar. Naquele dia, junto com a mensagem enviada por Deus, em aceitação a suas preces, generoso como sempre, ele também lhe concedeu tratamento especial, e mais do que o direito de permanecer nesta Terra: ele lhe deu o dom de aprender a ser feliz e de fazer as pessoas felizes. Lógico que a Terra é um constante desafio e até mesmo Deus, às vezes, deixa sua criação agir por conta própria. Os resultados nem sempre o agradam, mas, pelos testes que aplica na humanidade, vai selecionando o que vem dando certo em sua criação daquilo que ainda precisa ser aperfeiçoado — disse meu avô.

E continuou:

— Essa é a uma das grandes lições de humildade do Mestre: mesmo sabendo de tudo, acredita tanto em sua criação que permite que tomem decisões sem sua interferência. Veja seu caso. Mesmo jovem, vem lutando para provar — a um monte de gente, que por um motivo ou outro, perdeu a capacidade de amar — que esse sentimento é mais forte que tudo. Sei que está sofrendo, dividido entre dois mundos. Não é fácil para ninguém. Você tem se mostrado corajoso, sente o medo típico de quem enfrenta esse tipo de situação, ao mesmo tempo em que procura tirar lições de vida. Tudo que tem vivido nos últimos dias o marcará para o resto de sua existência. O que fará com esse aprendizado é de sua inteira responsabilidade. Estamos lhe ensinando a escolher sementes e como semeá-las. No entanto, o terreno que utilizará e o destino dos frutos é uma decisão unicamente sua — completou meu avô.

— É isso que chamam de livre-arbítrio? — perguntei.

— Todos nós, sem exceção, ao sermos convocados a cumprir uma missão, junto a ela carregamos a sabedoria necessária para executá-la. Também é verdade que possuímos o direito de optar pela maneira que julgarmos melhor.

— Então, como podemos decidir o que é certo ou errado na atitude dos outros? — perguntei.

— Não temos essa capacidade; só nos cabe julgar nossas próprias atitudes e, mesmo assim, às vezes o fazemos de forma cruel, carregando uma culpa que não é nossa.

— Ora, então não entendo se temos total liberdade sobre nossos atos. Somos nós que decidimos o que devemos fazer ou não? Se optarmos por fazer de forma incorreta, como não somos culpados?

— Eu não disse que a culpa do erro não é de quem o comete. Comentei que na maioria das vezes fazemos um julgamento cruel e continuamos a carregar uma culpa pela qual já pagamos a sentença. É simples. Quando percebemos que erramos, o próprio sentimento de frustração já nos deixa arrasados. Isso basta para chamar nossa atenção no sentido de cometer menos erros da próxima vez. Porém, muitas pessoas fazem desse momento de descuido uma desculpa para não continuar sua missão, se auto-intitulando incapazes. Isso, sim, é um ato covarde perante a vida.

— É. Tenho muito que aprender com você, vovô, mas preciso também continuar a viver entre os humanos. Poderia ficar ouvindo suas lições por muito tempo, mas me afastaria de pessoas que não entendem o que se passa comigo. Confesso que às vezes tenho minhas dúvidas, mas, como optei pela minha permanência aqui na Terra, acho que o melhor a fazer é seguir adiante.

— Siga a rotina da clínica. Já persuadi o dr. Frederico a não lhe ministrar injeções nem choques nesses últimos dias.

— Persuadiu como?

— Preste atenção. O dr. Frederico é uma pessoa do bem, mas poderia ter desenvolvido mais a parte sensitiva. No entanto, acabou se satisfazendo apenas com o que pode provar por meio da Ciência. Para coisas sem muita explicação lógica, como a que está ocorrendo com você, ele prefere buscar explicações científicas.

— Mas por que você não o ajuda?

— Ele é parte do sistema. Todos são importantes, independentemente da opção feita.

— É, vovô. Pelo que vejo tudo é normal para você.

— E é mesmo, Rony. Se não fosse normal, jamais existiria. Tudo segue um ciclo natural.

— Quem o ouve explicar tamanha complexidade, de forma tão simples, pode até achar que tudo é perfeito.

— Rony, abra sua mente e seu coração e preste muita atenção no que vou lhe dizer agora. Antes de partir para o plano em que me encontro hoje, passei por muitas provações. Ao perceber que estava velho e que me restava pouco tempo, comecei a fazer um balanço de minha existência. Minhas lembranças eram compostas de alegrias e de tristezas. Percebi que entre uma emoção positiva e uma negativa havia um vácuo sem qualquer recordação. Resolvi então colocar no papel os acontecimentos que me marcaram — fossem bons ou ruins. Foi quando descobri algo que mudou completamente minha maneira de julgar. Primeiro, que todo acontecimento ruim gera um bom. Sendo assim, o momento ruim nada mais é do que um estado de espírito que pode ser prorrogado ou reduzido. Passei por um momento ruim — a morte da sua avó. Não respeitei a vontade dela e da natureza, o que me causou um sofrimento prolongado. Se tivesse aceitado o acontecimento como parte normal da vida, teria evitado outros ruins que acabei provocando. Estou tentando fazer você refletir a respeito do que julga ruim. Descobrimos geralmente o valor da saúde quando ficamos doentes. Se aprendermos a cuidar melhor de nós mesmos, estaremos livres de ter de adoecer para valorizar a saúde. Se ficar atento, perceberá que as pessoas que mais reclamam da vida são geralmente as que menos contribuem com ela, querendo receber justamente aquilo que são incapazes de oferecer. Essa é a grande lição de sabedoria: quanto mais cultivamos, mais colhemos; portanto, transforme o momento ruim em horas de felicidade. E faça com que momentos bons se tornem eternos. Trocando em miúdos, somos nós — e somente nós — que fazemos do mundo um lugar agradável de se viver ou um verdadeiro inferno.

Eu o ouvia pensativo, prestando atenção em suas palavras.

— Vou lhe contar um episódio ocorrido quando era médico em Varginha — continuou. — Um dia, já tarde da noite, apareceu na porta de minha casa um homem angustiado em companhia da esposa que trazia no colo uma criança muito doente, de uns dois anos de idade. O modo como bateram na porta já demonstrava total descontrole. Eu já tinha tomado algumas doses de uísque e estava lendo sobre teorias espíritas. Fazia frio naquele dia e eu gostava de ler até mais tarde, sentado na poltrona, enrolado em um cobertor. Sem me levantar, chamei Nena, a governanta da casa.

— Abra a porta e veja quem está batendo dessa maneira e perturbando meu descanso. Aproveite e mande logo para o inferno! — ordenei. — Nena, uma mulher muito parecida fisicamente com dona Isaura — explicou meu avô —, foi até a porta e, sem me consultar, colocou-os na saleta de espera, prometendo que me chamaria. Ao se aproximar, disse:

— Vá até lá, dr. Armando. Há uma criança doente e os pais estão desesperados.

— Olhe, Nena — disse —, não me levanto desta cadeira por nada neste mundo! — E completei: — Vá você e eles para os quintos dos infernos!

Ela me olhou sem se intimidar e ordenou:

— Vamos logo, dr. Armando, não o incomodaria se não fosse necessário.

Notei que era perda de tempo continuar teimando com ela, então resolvi ir ao encontro do problema e me livrar logo dele, para poder retomar à leitura em minha confortável poltrona.

O pai estava de pé e a mãe sentada com a criança no colo, como quem segura a própria vida. Sem mais delongas, fui curto e objetivo.

— O que vieram fazer aqui? Por que não foram lá para a Casa de Saúde, a clínica na qual faço cirurgias e dou consultas? Lá tem médico de plantão e tudo o que a criança precisa. Aqui é o lugar do meu descanso — completei.

— Sei disso — disse o pai —, mas já fizemos de tudo, doutor. Meu filhinho não pode morrer.

Percebendo não se tratar de nenhum pânico injustificado, resolvi mudar de postura e examinar a criança. Pedi à mãe que colocasse o filho no sofá da saleta. Quando pensei em ir à sala principal pegar minha maleta, Nena já estava com ela pronta. Tirei o estetoscópio e o coloquei sobre o peito da criança. Seus batimentos cardíacos e todo o restante de seu quadro justificavam o desespero dos pais. Não sei se pela culpa de ter mandado Nena os xingar, o que logicamente ela não o fez, ou por juramento médico, senti-me na obrigação de ajudar aquela criança.

A Casa de Saúde ficava muito próxima de minha residência. Mandei a mãe pegar a criança e se dirigir imediatamente para lá. Vesti o paletó e fui rapidamente ao encontro deles na clínica. Chegando lá, fui abordado por um colega que examinara a criança antes de os pais tirarem-na de seus cuidados para pedir-me auxílio.

O colega, médico jovem porém muito competente, disse ter sido ameaçado pelo pai da criança ao diagnosticar seu grave estado. O estado era tão crítico, que segundo ele, só um milagre a livraria da morte. Não sei direito o porquê, mas lhe disse:

— Então vamos fazer esse milagre acontecer agora, colega!

O dr. Pedro conhecia bem meu ceticismo em relação a milagres, mas nada questionou. Apenas me alertou novamente sobre o grave estado de saúde da criança. Lembro-me apenas que, apesar da precariedade de recursos disponíveis, realizamos uma cirurgia de altíssimo risco e enorme precisão, proporcionando ao coração enfermo da criança pulsar normalmente. A cirurgia levou horas. Ao sairmos da sala já era dia.

Sentia cansaço, mas o sucesso da operação me excitava a ponto de esquecer a noite não dormida.

Os pais da criança aguardavam ansiosos por notícias e já no corredor da clínica me perguntaram sobre seu estado. Respondi que o procedimento adotado tinha livrado o filho do mal que o acometia, porém, era preciso aguardar mais algumas horas, por prevenção. Foi aí que o pai contou-me o motivo de ter ido à minha casa e insistido em me ver, na noite anterior.

— Sabe, dr. Armando — disse-me com lágrimas nos olhos —, sou dono de muitas terras, mas minha maior e verdadeira riqueza é esse meu único filho. Há alguns dias tinha notado lá na fazenda que ele ficava logo cansado quando brincávamos. Antes não era assim, ele conseguia deixar todo mundo cansado e sobrava energia. Ontem o menino nem quis se levantar da cama, então achamos que estava com resfriado, mas nem febre tinha! Quando voltei da lida com o gado, minha mulher chorava, pois meu filho não tinha forças nem para abrir os olhos. Minha fazenda fica longe de Varginha e próxima a Elói Mendes. Fui para lá com minha mulher e nosso filho, o mais rápido possível. Ao consultar um médico de lá, ele disse que não havia recursos para tratar a doença de meu filho. Desesperado, segui viagem até aqui e pedi informação de onde encontrar o melhor médico. A única pessoa que achei, já à noite ao chegar à cidade, era um senhor, que antes de me dar a informação fez questão de olhar meu filho. Depois me ensinou o caminho mais curto até sua clínica. Pediu-me para procurar por um tal de dr. Armando que curaria meu filho.

Perguntei ao pai como tinha tanta certeza de que a informação era verídica. De que eu seria capaz de curar o menino, a ponto de ele ameaçar o dr. Pedro, meu colega, e esmurrar minha porta daquela maneira.

— Sabe, doutor — falou-me, mostrando certo constrangimento —, espero que o senhor me perdoe, mas vou repetir as palavras que ouvi do bom homem que me mostrou onde encontrar a cura para meu filho. Ele disse assim: "Você vai encontrar um homem que a essa hora com certeza já tomou seu uísque e deve estar mal-humorado, que xinga por qualquer motivo e finge que é durão como uma rocha. Não se abale. Ele faz isso porque, apesar de ter aliviado o sofrimento de milhares de pessoas, nunca se conformou por ter deixado o amor de sua vida partir. Ele sabe que nada poderia ter feito. Foi esse o caminho encontrado por quem comanda o mundo: colocá-lo na profissão de médico. Seu filho será salvo, estou mostrando quem pode fazê-lo. Em troca, promete dizer isso ao dr. Armando?" Então é o que estou fazendo agora — completou o pai, aliviado.

Minha primeira reação ao ouvir aquelas palavras foi imaginar quem poderia ter se aproveitado do desespero daquele pai, usando o acontecimento para tentar me persuadir a crer em algo que durante anos tinha negado. Porém, após refletir rapidamente, percebi que algumas coincidências naquela noite me desautorizavam a colocar em dúvida os fatos.

— Esse, meu neto, foi um dos recados mais difíceis que tive de assimilar em minha existência — concluiu meu avô, finalizando o relato.

— Realmente foi um acontecimento que parece tê-lo marcado, vovô, mas você deve ter muitas outras histórias interessantes durante os longos anos dedicados à Medicina! — disse.

— É verdade. Houve situações inexplicáveis; porém, como no caso daquele menino, muitas vezes não me sentia no comando delas, até perceber que somos guiados por algo que desperta de nosso próprio interior, fazendo com que nossas ações nos surpreendam. Agora vá ao encontro de Paola e de seus filhos. Lembre-se de que eles, assim como seus pais, têm um entendimento diferente dos acontecimentos. Isso não os fazem superiores nem inferiores a você. O mundo é movido por um conjunto de coisas que ora divergem, ora convergem. A maior prova de sabedoria é aceitar as diferenças sem, porém, deixar que nos tornem diferentes — completou.

O dia na clínica tinha passado mais rápido do que os anteriores. Eu precisava de explicações: como o dr. Frederico passara o dia ali, sem se manifestar? Onde estavam os outros "fantasmas" amigos? Sem respostas, me vi saindo não do consultório do dr. Frederico, no qual entrara pela manhã, mas da sala de meditação.

Comportei-me como se nada de estranho tivesse ocorrido. Na sala de espera, Paola conversava com Anna. Ao me ver exclamou:

— Que bom! Hoje você parece bem mais animado!

Sorri concordando e seguimos para o carro, onde meus pais e as crianças nos aguardavam.

Décimo Primeiro Dia

Era sábado e o funcionamento normal da clínica era de terça a sexta. A mim, o dr. Frederico estava atendendo em caráter excepcional, inclusive aos sábados, domingos e segundas-feiras. Assim, Paola me deixou na porta da clínica e aguardou que entrasse. Nesse dia, não havia nenhum funcionário lá, apenas o dr. Frederico e sua inseparável assistente, dona Isaura.

Ao recepcionar-me na entrada, dona Isaura parecia feliz mesmo trabalhando naquele sábado. Minha opinião era a de que ela morava na clínica. Curioso, acabei criando coragem e perguntei:

— Mora aqui, dona Isaura?

— Há mais de 30 anos — respondeu ela, orgulhosa.

— Mas a senhora não visita parentes nos fins de semana?

— E eu lá tenho parentes, meu filho? Sou sozinha neste mundo de Deus.

Aquilo de certa forma me deixou um pouco comovido, mas, por outro lado, pensei: "Também... ruim desse jeito!".

— Venha — disse ela. — Vou preparando a sala enquanto o pessoal não chega.

— Pessoal? Que pessoal? Hoje é sábado, dona Isaura, e, pelo que me falaram, só eu vou ser atendido.

— Esta clínica é cheia de surpresas, meu filho — disse ela.

Pensei: "Ai, meu Deus! O que será dessa vez?".

Então dona Isaura, para aumentar o mistério, me confidenciou:

— Olha, rapaz, tenho visto seu sofrimento e o de sua jovem esposa. Nos primeiros dias que esteve aqui, achei que fosse mais um desses sujeitos do mal que andam por aí. Depois fui sentindo que você é gente do bem e que só está com um encosto. Se o dr. Frederico sonhar que falei isso, me põe pra correr, mas se quiser faço um trabalho e afasto esse encosto rapidinho.

— Sabe, dona Isaura, tudo o que for para me ajudar a sair dessa será bem-vindo — falei. Foi uma maneira de trazê-la para o meu lado e me prevenir de algum futuro choque; na verdade, não acreditava que, depois de tudo o que passara, o trabalho de dona Isaura fosse realmente me ajudar de alguma forma.

O telefone da clínica tocou enquanto ela ligava o ar-condicionado da sala. Ela foi atender e voltou dizendo que o dr. Frederico queria falar comigo.

Antes de chegar ao telefone, fui advertido por ela a manter segredo sobre nossa conversa. O dr. Frederico desculpou-se por não poder ir até a clínica naquele dia, pois uma emergência alterara os planos. Porém, explicou-me já ter falado com a dra Cris, que passaria por lá mais tarde, para falar comigo. Enquanto a aguardava, orientou-me a pedir a dona Isaura para preparar a sala de meditação e que lá fizesse os exercícios de relaxamento e de meditação. Expliquei a ela as orientações recebidas e fui para a sala de meditação iniciar os exercícios.

Antes de começar o relaxamento, tive de confirmar à dona Isaura que aceitava o tal "trabalho" que faria a meu favor naquela noite. Certifiquei-me de que o mesmo não requeriria minha presença e a autorizei.

Algum tempo depois de iniciar o relaxamento, senti a presença de Lucy na sala.

— Sentiu falta de mim? — perguntou ela com sua voz macia.

— Você sumiu. Por onde andava ou vagava? — perguntei.

— Estou sempre onde está o amor — respondeu.

— E por onde anda o amor? — quis saber.

— No coração de todos os que são felizes, Rony. O amor sempre acompanha a felicidade que, por sua vez, só passa a existir com a presença dele.

— Hoje, com certeza, terei aulas sobre o amor. Certo Lucy?

— Depende só de você, pois amor é sentimento e, assim sendo, não há como ensiná-lo a ter. O que posso é orientar, para que você mesmo desperte dentro de si o mais fantástico dos sentimentos.

— Lá vem você de novo com essa conversa! Já lhe disse que sou apaixonado por muitas coisas, principalmente pela minha mulher e meus filhos.

— Rony, paixão é diferente de amor. Quando alguém lhe falar que o amor que sentia acabou, essa pessoa com certeza confundiu sentimentos. O que pode ter começo ou fim são as expectativas e ilusões que criamos a respeito de alguma coisa ou de alguém. Já o amor é indestrutível quando verdadeiro e, para ser amor, tem de ser eterno.

— Então isso significa que casais que se separam após anos de juras de amor estavam se enganando?

— Rony, lembra quando alertei você de estar se descuidando do seu amor próprio?

— Lembro e, para ser franco, não gostei da sua observação.

— Pois é exatamente isso que acontece com as pessoas. O que deixamos no esquecimento, com o tempo parece não mais existir. Quando nos lembramos de procurá-lo outra vez, o encontramos geralmente diferente daquilo que era quando o abandonamos. Nossa primeira reação é querer fazer de uma hora para outra aquilo que estava há muito tempo parado voltar a funcionar como no passado.

— Lucy, todos os que têm aparecido para mim como fantasmas aqui na clínica possuem uma ligação comigo: meu avô; Marcos, meu primo; e Fred, um amigo de infância. E você? Afinal, qual é a ligação que temos?

— Sabe, Rony, você demorou para fazer essa pergunta... Vamos lá, minha história é a seguinte: quando acompanhei seu avô até esta clínica, não entendia qual seria minha missão. Realmente ainda não havia nenhuma ligação com seu caso e nem você com o meu. Há alguns anos me envolvi em um romance fora dos padrões convencionais. Lembra-se da história que seu avô pediu que contasse a você e ao Marcos logo nos primeiros dias de seu tratamento aqui na clínica?

— Lógico que me lembro, mas ele a interrompeu quando a história estava começando a ficar boa.

— Sim, ele fez isso porque você não estava levando meu sentimento a sério. Rony, vou lhe explicar o que realmente houve comigo. Por favor, primeiro escute e depois discutiremos a respeito. Como você já sabe, eu fui casada. Meu marido e eu éramos amigos de um outro casal, Ralf e Raquel. Dos quatro, eu era a mais nova. Raquel dividia com Ralf uma vida emocionante, e os dois formavam o que se pode chamar de casal perfeito. Já eu e Dênis, meu marido, estávamos vivendo, se é que se podia chamar aquilo de vida, uma espécie de casamento de conveniência, ou seja, tínhamos nos enganado ao escolher nossa cara-metade. Naquele dia em que estava com Raquel na casa de praia deles, aguardando meu marido e Ralf, sentia que precisava muito mais do que o relacionamento com Dênis. Esperava ansiosa pela chegada dele. Havíamos combinado que viria junto com Ralf.

Lucy fez uma pequena pausa e depois continuou:

— Enquanto aguardávamos a chegada dos dois, Raquel e eu conversávamos sobre várias coisas, entre elas os relacionamentos que mantínhamos com nossos maridos. Raquel, além de muito bonita, falava de maneira especial sobre o amor. Resolvemos tomar uns drinques enquanto esperávamos. A conversa acabou ficando mais íntima e, apesar de nos conhecermos há muito tempo, nunca tínhamos nos aprofundado no assunto. Assim, contei-lhe toda a dificuldade do relacionamento com Dênis, principalmente nos momentos mais íntimos. Raquel, mais experiente, ensinava-me vários truques para seduzir meu marido; porém, em minha cabeça algo começava a tomar forma. Passei a perceber que ele e eu, na realidade, não sentíamos desejo um pelo outro.

Apesar da constatação de que aquilo que sentíamos um pelo outro não era suficiente para mudar nosso quadro de apatia, a conversa com Raquel me deixou excitada.

Eu continuava interessado no relato e Lucy prosseguiu:

— Planejamos juntas o que eu faria para tentar seduzir Dênis — o que vestiria, que perfume usaria, a bebida que ofereceria. Era tudo como tinha imaginado que seria minha lua-de-mel, desde que me casara com ele há quatro anos. Eu parecia ter voltado no tempo e conquistado uma chance de recomeço. O lugar era perfeito, uma casa superaconchegante em uma praia quase deserta, com uma suíte preparada só para nós dois, em um lugar paradisíaco. Quase noite, ouvimos o barulho do carro de Ralf se aproximando. Raquel e eu estávamos ansiosas. Ao planejar juntas minha noite, ela também se excitara. Sentamos à beira da piscina, em uma posição que desse para vê-los quando saíssem do carro; assim, iríamos ao encontro deles e começaríamos a colocar nosso plano de sedução em ação. Só que apenas Ralf desceu do carro. Ainda vestido com a roupa de trabalho, veio ao nosso encontro, deu um curto mas caloroso beijo em Raquel, mais um em cada lado do meu rosto e disse:

— Lucy, o Dênis me avisou que estava cansado demais e, apesar de minha insistência, preferiu ficar em Santos, aproveitar sua ausência e relaxar melhor. Amanhã pela manhã ele vai pegar o carro e vir ao nosso encontro. Ele garantiu que você entenderia...

Ralf percebeu nossa frustração, mas tentou amenizar a situação trazendo um ótimo vinho. Raquel o olhou com cumplicidade e completou:

— Azar de quem não veio! Vamos fazer uma festa.

O caseiro começou a tirar do carro de Ralf as coisas que trouxera, enquanto ele foi pôr uma roupa mais confortável. Raquel tentava me animar dizendo que eu teria outra chance. Uma mulher conhece bem a outra e, no fundo, ela sabia que aquilo era mais uma demonstração do pouco-caso que Dênis e eu fazíamos de estar juntos.

Minha realidade voltou, mais rápida do que o sonho que alimentei junto com minha amiga naquele dia. De certa forma, ela sentia-se culpada pela minha decepção. Eu, com minha noite aparentemente estragada, tentava não deixar o clima ainda pior, apesar da profunda mágoa que estava sentindo. Os drinques e a companhia dos dois amigos tentando me deixar feliz acabaram tornando a noite tolerável.

Ficamos várias horas tomando vinho e comendo aperitivos e, entre uma conversa e outra, questionávamos Ralf sobre o comportamento de Dênis. Ele desviava de assunto, às vezes opinando de forma evasiva.

Naquela noite Ralf dera folga ao caseiro, que morava em uma pequena casa na entrada da propriedade. Estávamos os três em um lugar lindo e sob o efeito de algumas garrafas de vinho. Ralf e Raquel pareciam tentar suprir a falta de Dênis. Como o efeito do álcool sobre eles era mais brando, Ralf achou que seria melhor deixar Raquel cuidar de mim. Levantou dizendo:

— Vou tomar um banho. Vocês não acham melhor entrar? Daí posso fechar a sala de jogos e vocês continuam a conversa lá dentro.

Quando me levantei, senti que havia exagerado no vinho. Demos algumas risadas no caminho que levava às suítes. Raquel, vendo que eu precisava de ajuda, foi comigo até a minha. Eu estava zonza, porém consciente. Com a ajuda dela, tirei toda a roupa e entrei debaixo da ducha. O vinho não a deixara zonza, apenas mais animada.

Na suíte do casal anfitrião, Ralf, depois de tomar banho, aguardava a chegada de Raquel. Como eu insistia em ficar debaixo da ducha, ela resolveu ir até a suíte informar ao marido o motivo da demora. Depois de explicar-lhe a preocupação em me deixar sozinha, voltou ao meu quarto. Rindo muito, eu a convidei a entrar na ducha comigo. De tanto tentar me segurar, com medo que caísse e me machucasse, ela acabou com a roupa toda encharcada. Apesar de ser maior que eu, tentar cuidar sozinha de mim não parecia fácil. Ela então decidiu chamar Ralf para ajudá-la. Antes que ele chegasse até minha suíte, ela fechou a ducha e enrolou meu corpo nu em uma toalha.

Ele me pegou no colo e levou-me até a cama. Não sei se de propósito ou achando-me presa pela toalha, antes que terminasse de me colocar sobre a cama, desenrolei-me da toalha, deixando meu corpo totalmente nu à mostra.

— Raquel, agora é com você — disse ele, arrancando uma gargalhada dela.

— Ralf, sozinha não posso com ela — comentou Raquel, mostrando a roupa toda encharcada.

— Lucy já está na cama, agora vai ficar quieta. Vamos deixar as portas abertas; se ela passar mal, a gente ouve e vem ajudar. Livre-se dessas roupas molhadas — disse Ralf num misto de quem quer pôr ordem na casa mas que está ao mesmo tempo excitado com o vislumbrado.

Juro que não aceitaria ficar sozinha naquela noite. Vesti uma camisola que escolhera junto com Raquel para surpreender Dênis. Passei um pouco de perfume e dirigi-me à suíte do casal. Como as portas tinham ficado abertas, não tive a menor dificuldade em chegar até onde estava Ralf, que, já deitado, aguardava Raquel sair do banho. Ao ver-me, perguntou com voz doce se precisava de alguma coisa. Respondi sem hesitar:

— Sim, preciso de companhia — disse, e sentei-me na cama deles.

— Tudo bem — disse ele. — Raquel está terminando de tomar banho e vai fazer-lhe companhia.

— Posso esperá-la aqui, Ralf?

— Por mim tudo bem — respondeu.

Logo a porta do banheiro se abriu e Raquel saiu com a toalha envolvendo o corpo. Ao me ver sentada na cama ao lado do marido, brincou:

— Ei! Esse aí é o meu!!!

Apesar da cama king-size, Ralf estava quase caindo do lado oposto ao que eu sentara.

— Ela quer que você lhe faça companhia, Raquel.

— Tudo bem, deite-se aí, Lucy — disse Raquel, acomodando-se entre mim e Ralf, ainda enrolada na toalha.

Foi quando nós duas começamos a trocar carícias. Logo Ralf, sem o menor constrangimento, estava totalmente envolvido.

— Posso fazer um comentário agora Lucy? — perguntei, com medo de interromper a narrativa dela.

— Faça, Rony. Sua curiosidade até que durou muito.

— Isso é coisa da sua imaginação ou aconteceu mesmo?

— Não só aconteceu como, para mim, teve uma conseqüência trágica.

— Que conseqüência foi essa, Lucy?

— Depois de nos envolvermos, com nossos melhores sentimentos, nossa felicidade pareceu incomodar muitas pessoas e começamos a ser discriminados. Pessoas de nosso convívio iniciaram um movimento para nos separar, acovardamo-nos, deixamos nossos sentimentos de lado e passamos a nos preocupar com a opinião dos outros. Ralf e Raquel acabaram indo embora de Santos e eu me senti abandonada. Tentei isoladamente receber o amor de um ou de outro. Meu desespero para reconquistá-los só piorou nossa relação. Tomei a decisão de esquecê-los, comecei a me envolver com outras pessoas, mas o sentimento de vazio continuava a perseguir-me até que um dia misturei sem querer álcool com medicamentos que o dr. Frederico me receitara para depressão. Então entrei em coma e fui transferida para São Paulo. Meu corpo esta lá em tratamento, mas eu estou aqui tentando, por meio de almas amigas, definir-me entre a vida e a morte.

— Defina-se pela vida, Lucy. Faça como eu. Morrer agora é precipitado! — disse firmemente.

— No meu caso, Rony, é mais complicado. Deixei a morte me levar longe demais.

— Posso ajudar você?

— Acho que é esse o motivo pelo qual estamos juntos nesta clínica, amigo.

— Então, como posso ajudar-lhe? Explique-me e o farei com prazer.

— Sinceramente, Rony, como estou no meio do caminho, ou seja, entre a vida e a morte, sinto-me confusa.

— Bem, Lucy, nesse ponto entendo você; apesar de estar mais vivo do que morto, também estou confuso. Talvez seja esta a explicação para estarmos interagindo. Optei pela vida e vou lutar por ela; já você, Lucy, parece ter dúvida sobre o que realmente quer.

— Sinceramente Rony, antes de conhecer sua luta para sobreviver, motivado pelo amor que sente por Paola, me sentia mais propensa a morte. Seu avô sabia que eu relutava em ficar por desacreditar que o verdadeiro amor fosse possível de ser encontrado. Então ele me colocou em contato com você e Paola. Revivi, por meio de vocês, toda força de que o amor é capaz.

— Ora, Lucy, então volte à vida! Afinal, seu estado permite isso.

— Quando desistimos da vida, para retomá-la é preciso reconquistar a confiança do único com poder para tanto. Minha missão é fazer com que aqueles que não crêem me dêem como acabada. Se conseguir retornar, estarei despertando neles a chance de voltar a acreditar no impossível.

— Vou lhe confessar uma coisa, Lucy. Aprendi muitas coisas novas nos últimos dias. Nunca duvidei da fé, mas além dela existe uma realidade que habita nosso corpo e faz a diferença entre ser feliz e viver à procura da felicidade: é feliz quem sente amor; tenta ser feliz quem fica procurando o amor fora de si.

— Foi isso que tentei lhe dizer várias vezes, Rony. O amor está dentro de cada um de nós. É inútil procurá-lo nas outras pessoas. Além de nos frustrarmos, acabamos tentando camuflar o nosso, com medo de perdê-lo. Assim, o segredo é distribuir amor à vontade. A fonte é inesgotável. Quanto mais amamos, mais recebemos amor. Esse é o grande segredo; um segredo que muda o curso da história.

— Sabe, Lucy... acho que te amo.

— O que você realmente está descobrindo, Rony, é que possui um grande amor próprio. Daí para frente, distribuí-lo fará com que sinta a magia de ser feliz.

Aquela longa conversa que tive com Lucy só foi interrompida com a chegada da dra. Cris. Ela estava do lado dos vivos e, sem as roupas de médica, no sábado, deixava claro que era uma gata cheia de amor para dar — com todo o respeito.

— Olá, Rony! Como vai?

— Tudo bem, doutora, melhorando a cada dia.

— Estou sabendo. Até dona Isaura está animada com sua melhora. Parabéns!

— Estou me esforçando para cumprir o tratamento à risca.

— Muito bem! A cooperação do paciente é imprescindível. Demorei um pouco e já passa da uma da tarde. Que tal irmos até a lanchonete da esquina fazer um lanche?

— Tudo bem, vamos lá.

A dra. Cris então chamou dona Isaura, para comunicar-lhe nossa decisão, além de ser convidada a nos acompanhar.

— Obrigada — agradeceu o convite e, piscando para mim, disse: — Hoje tenho um importante trabalho a fazer.

Fomos até a lanchonete que, na verdade, era mais uma padaria. Sentamos em um daqueles banquinhos altos e percebi que as coxas bronzeadas da dra. Cris faziam mais sucesso que as coxinhas de galinha expostas na vitrine. Pedi um sanduíche e um suco de laranja e ela acompanhou meu pedido.

O dono da padaria, um português, paquerava a dra. Cris, tentando mostrar-lhe que dedicava todos os longos anos à frente daquele negócio simplesmente motivado pela presença de clientes especiais como ela.

Aproveitei o clima informal da lanchonete para perguntar a respeito da clínica. Ela comentou estar muito feliz em trabalhar com o dr. Frederico, por quem nutria grande admiração profissional. Tomei coragem e perguntei se sabia algo a respeito de uma ex-paciente da clínica chamada Lucy.

Sua resposta veio junto com uma pergunta carregada de preocupação:

— Rony, foi a dona Isaura que lhe contou a respeito de Lucy?

— Não! — neguei com veemência. — Foi um outro paciente.

— Quem? — perguntou ela.

— Não me lembro o nome, mas por que tanta preocupação com a pergunta?

— Rony, o que lhe contaram a respeito disso?

— Nada de especial. Apenas que uma overdose de medicamentos a deixou em coma.

Pagamos o lanche e seguimos de volta à clínica. No caminho, a dra. Cris fez questão de frisar que o dr. Frederico não tivera culpa alguma no episódio envolvendo Lucy.

A função da dra. Cris naquele dia era apenas verificar como eu estava e depois se certificar de que Paola iria me pegar. Assim que entramos no consultório do dr. Frederico, ela ligou para minha mulher solicitando que fosse me apanhar mais cedo. Percebi que seus planos tinham se alterado depois da conversa sobre Lucy e ela quis saber o que eu conhecia exatamente sobre aquele caso.

— Olhe, Rony... essa história da Lucy já trouxe problemas demais para o dr. Frederico. O pobre homem quase abandonou a profissão por causa disso. Vou explicar o que realmente aconteceu. Lucy, uma moça muito bonita, há cerca de seis meses estava envolvida em uma complicada trama de amor. Ela procurou o dr. Frederico, que lhe receitou um tranqüilizante. O uso indevido do mesmo misturado com bebida alcoólica provocou-lhe um coma irreversível. Ele não teve qualquer responsabilidade sobre o fato, mas até hoje não aceita muito bem o ocorrido. Não sei o que lhe contaram, mas a verdade é essa.

— Não se preocupe, doutora. Foi exatamente isso que me contaram — disse, tranqüilizando-a.

— Bem, Rony, posso deixá-lo em casa, pois estou de carro. Onde você mora?

— Estou em um apartamento alugado perto do bairro Gonzaga.

— Vou avisar dona Isaura. Por favor, Rony, desligue o ar e apague as luzes.

Dona Isaura esperava que a dra. Cris deixasse a clínica para me explicar o trabalho que faria à noite a meu favor, contra o tal do encosto. Como percebeu que eu sairia em companhia da médica, disse rapidamente:

— Amanhã explico tudo, Rony.

— Tudo bem, dona Isaura — respondi.

A nova maneira com que eu e dona Isaura passamos a nos tratar, aparentando velhos aliados, deixou a médica ainda mais intrigada. Já no carro, ela disse que conhecia um lugar que servia um sorvete maravilhoso e convidou-me a saboreá-lo juntos. Concordei e logo estávamos sentados na sorveteria. O sorvete era enorme e realmente precisava ser compartilhado.

Ela parecia não ter pressa. Contou-me que já fora noiva, mas que o romance acabara em função de sua dedicação ao trabalho. Percebi que nossas saídas, tanto para lanchar na padaria como para tomar sorvete, pareciam mais um teste para ver como me comportava fora da clínica.

Da sorveteria seguimos para o prédio em que me hospedara. Ela me deixou em frente, perguntando antes se eu tinha certeza de que Paola estava lá. Tranqüilizei-a informando que o porteiro tinha uma chave.

— Tudo bem, Rony. Vejo-o depois de amanhã ou talvez passe pela clínica amanhã mesmo.

— Obrigado pelo sorvete e pela carona — agradeci.

— Foi um grande prazer ter você como companhia.

Paola ainda não havia chegado com as crianças e meus pais. O porteiro disse que tinham saído para passear e não deviam demorar.

Subi para o apartamento e logo chegaram todos. Ao ver-me, Paola perguntou o que havia acontecido para ter voltado tão cedo. Expliquei-lhe, sem muitos detalhes, brinquei um pouco com meu filho e falei rapidamente com meus pais. Preferia ver um pouco de TV e depois dormir. De qualquer forma, eles também pareciam ter medo de me incomodar.

Décimo Segundo Dia

Apesar de ser domingo, cheguei cedo à clínica. Dona Isaura estava eufórica. Contou que fizera um trabalho maravilhoso e me deu até um abraço apertado. Pensei comigo que, se havia realmente ainda algum encosto, a força daquele abraço acabara de desencostar a "coisa".

— Bom dia, meu filho! — disse exultante, parecendo uma velha aliada.

— Bom dia, dona Isaura — respondi.

— Garanto que está se sentindo melhor.

— Com certeza! — respondi sorrindo. E pensar que há poucos dias eu fugia dela como o diabo foge da cruz!

— Você vai ver só como tudo de ruim desaparecerá rapidinho. Contra a força do bem, o mal não tem chance!

— Que bom, dona Isaura! Estou mesmo precisando de muita paz.

— Olhe, o dr. Frederico vai chegar logo. Não o deixe desconfiar de nada!

— Fique tranqüila! Será o nosso segredo — garanti.

— Faça isso. Gosto muito do doutor, ele é do bem, mas pensa que só quem estuda sabe lidar com o mal. Já curei muita gente aqui na clínica sem ele saber.

— Diga-me uma coisa, dona Isaura. E quanto a dra. Cris? O que a senhora acha dela? — perguntei.

— É uma sirigaita! Não viu o tamanho da saia dela ontem? Ainda bem que o dr. Frederico a vê como uma filha senão...

— Ela tem algum encosto também, dona Isaura? — provoquei.

— Ali nem encosto fica, meu filho! Mas por que tanto interesse nela?

— Não é nada disso que a senhora está pensando. Sou muito bem casado! É que percebi que a senhora não é muito fã dela e quis saber o motivo.

— Mulher sente o perigo na outra de longe, rapaz.

A conversa teria prosseguido, não fosse a chegada do dr. Frederico acompanhado pela dra. Cris. A feição de dona Isaura, ao ver os dois chegando à clínica juntos, indicava a mesma de uma mulher que pegara o marido no flagra.

— Como vão vocês? — perguntou o médico.

— Muito bem — respondi.

— Já estive melhor — resmungou dona Isaura, virando o rosto antes de cumprimentar a médica.

— Olá, Rony, como passou a noite? — perguntou a dra. Cris.

— Oi, doutora. Dormi muito bem, sem nenhum problema...

Dona Isaura começou então a preparar o consultório. Fui levado pela médica para a sala de terapia em grupo. No caminho, ela explicou que só pegaríamos alguns materiais e depois retornaríamos para a sala do dr. Frederico.

Ao voltarmos, com algumas cartolinas e caixas, recebi do médico as orientações de como seria o tratamento naquele dia.

— Rony, vamos aproveitar hoje e amanhã para reafirmar sua reabilitação. Ontem, na minha ausência, a dra. Cris, que fez questão de nos acompanhar hoje também, apesar de ser domingo, gostou muito da sua maneira de proceder. Falou-me inclusive que você a questionara sobre Lucy. Parece que ela esclareceu o ocorrido com essa paciente. O mesmo não pude fazer quando, há alguns dias, você me perguntou a respeito. Primeiro porque, ao questionar-me sobre Lucy, você mencionou também outros nomes. Depois, porque, ao contrário do que disse ontem para a doutora — que fora informado do caso por um paciente da clínica —, para mim você tinha afirmado que falara com ela, o que agora sabe ser impossível, uma vez que ela se encontra em coma profundo.

— Tudo bem, doutor. Naquele dia eu estava muito confuso, mas agora entendi tudo muito claramente — respondi.

— Você percebeu como, com um bom tratamento e fazendo uso correto da medicação, até os fantasmas desaparecem? O que aconteceu com você é mais comum do que possa parecer. Quando começamos o tratamento, percebi que seu grau de ansiedade era muito grande. Você exagerava na bebida e no cigarro, além de trabalhar demais e passar noites sem dormir. A soma dessas coisas, aliada à responsabilidade assumida ao se casar tão cedo, provocou-lhe o que chamamos de estresse. Ainda não descobrimos como a notícia da morte de seu primo chegou até você, mas com certeza foi o estopim que desencadeou toda essa crise. Esse tipo de acontecimento desperta traumas que acumulamos desde pequenos; por isso a importância de seguir com o tratamento e a medicação. Sei que sua permanência em Santos é inviável, mas já estou procurando um bom médico próximo de onde você mora e vou indicá-lo. Agora, não vamos perder o pouco tempo que nos resta. Vamos seguir com o tratamento — concluiu.

Ouvi toda a explicação dele a respeito do meu problema na presença da dra. Cris. Achei que o mais sensato seria acatar tudo que ouvira e deixá-lo pensando que o que se passara comigo fora realmente aquilo que acabara de dizer. Porém, se saísse dali, estaria negando a mim mesmo o direito de saber até onde imaginei tudo com clareza, ou se havia realmente a interferência de algo superior à nossa compreensão. Resolvi pela verdade.

— Dr. Frederico, sei que com a atitude que vou tomar agora posso sair desta sala em uma camisa-de-força e enfrentar novamente injeções e choques, mas vou arriscar. Preciso ser o mais claro possível. O senhor tem de me ouvir com muita atenção e sei que o fará. Estranhas coisas vêm acontecendo comigo desde o primeiro dia em que coloquei os pés na sua clínica. Fiquei confuso várias vezes; hoje, porém, ao ouvir seu diagnóstico a meu respeito, não me dei por convencido. Há um mistério aqui que o senhor não vê ou se nega a acreditar. Estou lhe pedindo que apure junto comigo a verdade. Se eu sair daqui sem pelo menos tentar entender o que realmente aconteceu, nunca mais terei paz de espírito. Vejo que o senhor tem dificuldades em lidar com coisas que não se explicam cientificamente. É nossa chance de mudar nosso modo de ver e sentir as coisas. Se abrir seu coração e deixar de lado o medo de enfrentar o novo, podemos descobrir ou pelo menos nos aproximar da verdade.

O silêncio tomou conta do ambiente. O dr. Frederico olhava com perplexidade para a dra Cris. Os dois pareciam não saber qual decisão seria mais adequada para aquela situação. Então ele pediu que me retirasse da sala, pois queria falar a sós com a dra. Cris.

Saí da sala e encontrei dona Isaura. Ela perguntou onde eu estava indo e expliquei o que ocorrera. Foi então que ela fez o seguinte comentário:

— Rony, há muito tempo acompanho o dr. Frederico. É um homem totalmente apaixonado pelo que faz. Já ajudou muita gente nesta vida, só que, para ele, tudo tem explicação. Depois do que houve com Lucy, ele se afastou de todos e passa a maior parte do tempo dentro da sala, sempre lendo. Às vezes nem vai embora para casa e conversa apenas com os pacientes. Agora está ficando amigo dessa tal de dra. Cris, que, em minha opinião, também esconde algum segredo. Ela era novata aqui quando, há cerca de seis meses, ocorreu o problema com a moça — contou.

— Ela tinha alguma coisa a ver com o tratamento de Lucy? — perguntei.

— Não. Lucy recebia atenção especial do dr. Frederico. Houve até comentários de que os dois estavam tendo um caso. Ela parecia uma moça alegre até o dia em que fez aquela loucura.

— Você já fez algum trabalho para tirar encosto do doutor? Como aquele que fez para mim ontem? — perguntei.

— Veja bem. Se a pessoa não ajudar com o pensamento, não há trabalho que consiga afastar o encosto. Ele nem me deixa começar a falar. Um dia tentei. Quando comecei, ele disse que aquilo era coisa de gente que não tinha o que fazer e ficou bravo.

— Como a senhora descobre que as pessoas estão com o tal do encosto? — quis saber.

— É muito fácil, filho. O encosto deixa as pessoas sem vontade de fazer as coisas. Fica parecendo que carregam um peso nos ombros. Os olhos perdem o brilho. Há outros que ficam agressivos à toa e estão sempre prontos para a briga. É aí que começa a dar tudo errado para a pessoa.

Fui chamado de volta à sala do dr. Frederico. Tentei convencê-lo a deixar que a dra. Cris também participasse da sessão. Os dois recusaram meu pedido e ela saiu nos deixando sozinhos.

— Então, Rony, vamos ver o que você tem para me contar que ainda não sei... — começou.

— Muita coisa, doutor. Só para começar: quando o senhor esteve em São Paulo com seu amigo neurocirurgião para discutir os resultados do meu exame, também foi visitar Lucy em seu quarto no hospital e, apesar de acreditar que ela não podia ouvi-lo, falou com ela e até deixou cair algumas lágrimas.

O tão controlado dr. Frederico levantou-se de uma só vez, colocando as duas mãos sobre o tampo da mesa e empurrando para trás, com as pernas, a cadeira na qual estava sentado.

— Agora você foi longe demais. Alguém deve ter lhe contado que às vezes visito Lucy. O resto é pura imaginação de sua parte.

— Realmente foi alguém que me contou, mas se insiste em chamar de imaginação, essa imaginação para mim tem nome: chama-se Lucy.

Ele se recompôs, puxou a cadeira de volta e sentou-se.

— Sabe, Rony... seria bom que tivesse como provar o que imagina. Seu cérebro tem o poder de criar as coisas de maneira tão real para você, que fica difícil convencê-lo do contrário.

— Não imaginei a morte de meu primo Marcos e ela realmente aconteceu; além disso, nenhum de nós dois sabe como a notícia chegou até mim.

— Defendo a tese, meu jovem, de que foi uma terrível coincidência de fatos.

— Certo, doutor, pode realmente ter sido coincidência, mas e o meu avô e Fred?

— Rony, isso é pura imaginação sua! — garantiu.

— Vejo que o senhor mostra segurança no que fala. Parece realmente que só o que se pode provar existe para o senhor. Sendo assim, aceitaria um desafio?

— Rony, normalmente eu nem aceitaria discutir esse tipo de assunto com um paciente, mas algumas coisas vêm me intrigando nessa história desde o início. Assim, vou aceitar o desafio, mas só imponho uma condição.

— Diga. Qual seria essa condição? — perguntei.

— Vamos manter sigilo. Só nós dois saberemos a respeito do desafio; assim, evito problemas na clínica e, caso você cometa algum deslize, não serei diretamente responsável.

— Entendo sua preocupação, mas as pessoas que podem me ajudar já não vivem entre nós. A única é Lucy, e ela não pode fazer nada no estado em que se encontra. Certo?

— Está vendo como vai ser difícil me provar alguma coisa com fatos, Rony? Não é melhor desistir dessa idéia?

— Não, doutor. Agradeço sua preocupação, mas algo me faz crer que conseguirei mostrar que existe mais do que podemos ver. Acho que será bom para todos.

— Então, Rony, quando começamos?

— Já estou pronto. Creio que entre hoje e amanhã teremos novidades. Agora preciso ir para a sala de meditação, para pensar em uma maneira de criar as provas de que preciso para convencê-lo.

— Boa sorte, rapaz, mas, por favor, não deixe que isso lhe afete a ponto de deixá-lo como chegou aqui.

— Fique tranqüilo. Sei bem o que fazer.

Apertamos as mãos, num gesto típico de cavalheiros que iniciam uma disputa com a intenção de provar ao outro que seu ponto de vista é o mais correto.

Fui para a sala de meditação com a certeza de que todos os meus amigos fantasmas me ajudariam a provar ao descrente dr. Frederico que há coisas que ainda não foram escritas, mas que com certeza são sentidas e existem. Ele ficou em sua sala, talvez imaginando o que eu seria capaz de aprontar para produzir provas que o levassem a acreditar que o inexistente exista.

Dona Isaura ainda não sabia que o desafio fora lançado, mas preparava a sala de meditação com carinho e me tratava como um velho aliado. Sentei na esteira e fiquei na posição de ioga que aprendera com Lucy; tentei falar com meus aliados. Precisava relaxar e deixar fluir a energia necessária para estabelecer contato.

Minha ansiedade em comunicar-lhes que resolvera enfrentar os que duvidavam de nossa conexão e que convencer o dr. Frederico era o primeiro passo a ser dado acabou atrapalhando e não consegui relaxar; assim, nada pude fazer naquele resto de tarde.

Saí meio decepcionado da clínica; porém, tinha certeza de que quando aquele sentimento de ansiedade passasse, me reencontraria com meus parceiros do além.

Décimo Terceiro Dia

Geralmente tudo é programado para começar no início da semana. Assim, nesta segunda-feira meu novo projeto de vida adquiriria vida: tentar mostrar o que vi e senti aos descrentes.

Era algo ambicioso, principalmente para alguém com 20 e poucos anos de idade e que já fora chamado de maluco. Mas acreditava na ajuda de meu falecido avô e de todas as pessoas que o acompanhavam.

Passei rapidamente pela sala do dr. Frederico, reafirmando minha disposição de seguir em frente com o desafio. Dirigi-me então para meu local favorito — a sala de meditação. Não estava totalmente relaxado, mas a ansiedade do dia anterior fora substituída por uma grande expectativa.

Em vez de ficar na posição de ioga, resolvi deitar de costas na esteira, fixando o olhar em uma das estrelas pintadas no teto da sala. Imaginei o que diria para convencer meu avô a fazer algum contato com o dr. Frederico e assim me livrar logo da tarefa de mostrar o que garantira não ser só fruto de minha imaginação. Sentia a presença de meus amigos, mas ainda não havia conseguido me comunicar com eles.

Antes que se estabelecesse o primeiro contato daquele dia, recebi duas visitas; primeiro, dona Isaura, que me desejou muita sorte; depois a dra. Cris, que disse ter ficado feliz ao saber de nosso trato.

Meu primo foi o primeiro a fazer contato naquela manhã. Perguntei-lhe onde estavam os outros e ele respondeu simplesmente:

— Sempre com você.

— Marcos, fiz minha aposta no sentido de provar que existe mais coisas do que conhecemos aqui. Você disse que é novo nessa história, então deixe de brincadeira e traga logo meu avô, que é o mais experiente.

— Já estou aqui — disse meu avô. — Qual é o motivo de tanta preocupação?

— Bem, vovô, as coisas mudaram um pouco. Antes vocês apareciam no corpo de alguém; agora sinto a presença, ouço a voz dentro da minha cabeça. Bom, eu fiz uma espécie de aposta com o dr. Frederico e quero que me ajudem a vencê-la.

— Estávamos lá quando você fez o que chama de aposta.

— Isso simplifica as coisas. Preciso provar ao doutor que mantenho contato com vocês. Na sua opinião, qual é a melhor maneira de fazermos isso?

— Meu neto, não há outra maneira de fazê-lo, a não ser ensinando-o a crer.

— Mas ele só acredita no que vê!

— A maior parte das pessoas é como ele. Você mesmo me confessou que, apesar de todas as experiências vividas, tem horas que ainda duvida.

— Mas, se eu conseguir convencê-lo, não serei mais chamado de maluco.

— Rony, é você que tem de saber o que as coisas realmente significam para você, e não os outros.

— Mas vovô, com todo o respeito, viver com as pessoas achando que sou louco não é nada agradável.

— Eu sei disso, mas a vida nos reserva coisas que só têm explicação a partir do momento em que as aceitamos.

— Está me aconselhando a aceitar ser taxado por todos de maluco?

— Você é que está dizendo que é maluco, Rony. O que estou tentando mostrar é que você tem de aceitar as pessoas como elas são e não exigir que passem a acreditar em algo só porque você mudou seu modo de ver a vida.

— Tem razão, vovô. O problema é meu e tenho de resolvê-lo. Se não posso contar com a ajuda de vocês, vou resolver do jeito que achar mais certo — disse, deixando a sala de meditação e seguindo para a do dr. Frederico.

Ao chegar lá ele perguntou:

— E então? Já tem a prova?

— Mais do que isso, doutor. Agora tenho a certeza de que nunca estive com problemas psicológicos. Na verdade, eu era realista demais para aceitar que nosso cérebro é muito complexo para entendermos o que se passa nele — que dirá para ser entendido por outras pessoas? Resolvi então ser mais simples e aceitar que meu cérebro tem o poder de pensar de forma diferente do seu. Assim como nunca haverá um cérebro pensando igual ao outro, mesmo que os dois estejam vendo algo exatamente igual. O senhor se submeteria a um teste simples para provar o que estou dizendo?

— Claro, Rony. Qual seria o teste?

Levantei e peguei na estante um de seus vários livros. Em seguida pedi-lhe que descrevesse em uma folha de papel o que via olhando aquele livro. Meio desconfiado, ele escreveu em duas folhas sua opinião.

Pedi-lhe depois que guardasse as folhas que usara para descrever o livro, de modo que ninguém pudesse lê-las. Ele, meio irônico, quis saber se alguns de meus estranhos amigos iam ler o papel que ele havia guardado e me contariam a história. Fiz de conta que não entendi a ironia e perguntei se podia chamar até a sala a dra. Cris e explicar-lhe que estávamos fazendo um teste. Pedi a ela que também descrevesse em um papel o que sentia ao olhar o mesmo livro, sem deixar que víssemos o que escrevera a respeito dele, e depois dobrasse o papel de forma segura e o entregasse a ele. Disse também que, para completar o teste, dona Isaura e eu deveríamos fazer o mesmo. Ele hesitou um pouco em chamá-la, mas acabou concordando.

Depois de todo esse processo e quando ficamos novamente sozinhos na sala, pedi ao dr. Frederico que lesse a opinião dos quatro. Ao descrever sua opinião a respeito do que viu ao olhar para o livro, o dr. acabou fazendo um resumo detalhado sobre a história a que se referia o livro; a opinião da dra. Cris dizia respeito principalmente a detalhes da capa, comentando sobre a importância de ter um exemplar daquele livro na estante e que depois ela adoraria lê-lo; a opinião de dona Isaura foi a mais objetiva: "Vejo um livro de capa vermelha escrito com letras pretas". Meu comentário apostava que, apesar de estar olhando para a mesma coisa, nenhum de nós quatro emitiria a mesma opinião.

Quando o dr. Frederico terminou de ler os comentários, disse ter gostado da maneira que eu tinha usado para tentar mostrar-lhe minha opinião; porém, comentou também que se eu conhecesse a complexidade dos testes feitos em laboratório por cientistas a respeito do funcionamento de nosso cérebro, não me deixaria impressionar por algo tão normal quanto a opinião diferente de quatro pessoas olhando para o mesmo livro.

— Só uma coisa me intrigou, Rony — disse ele ainda.

— O que foi, doutor?

— Por que você escolheu esse livro?

— Foi o primeiro que vi, peguei por pegar. Por que a pergunta?

— Nada. Gosto muito desse livro e achei coincidência você ter escolhido exatamente ele. Rony, me responda uma coisa. Você falou com aqueles tais amigos misteriosos ou esse teste foi idéia sua?

— Na realidade, conversei com Marcos e meu avô, mas os dois disseram que é impossível fazer alguém crer no que não quer. Então pensei que poderia ajudá-lo a aceitar opiniões diferentes da sua, mesmo que possam parecer estranhas.

— Opiniões eu aceito, Rony. O que não posso aceitar são devaneios como os que você apresenta ao se referir a mortos como se pudessem estar aqui entre nós.

— O engraçado foi que só acabei aceitando isso exatamente aqui, na sua clínica.

— Ora! Essas alucinações foram provocadas pelo alto grau de desequilíbrio no qual você se encontrava ao chegar aqui, e nunca pelo que ouviu ou viu em minha clínica. Rony, não há problema em ter suas crenças; o que me preocupa é você estar se negando a aceitar um tratamento sério como o que venho administrando, em troca de algo que diz ter acesso, mas que não passa de alucinação.

— Dr. Frederico, eu não ia tocar nesse assunto, mas pode me explicar por que o senhor e o japonês, quando pegaram meu exame, garantiram que eu estava com um tumor no cérebro, e, quando o senhor foi para São Paulo com o objetivo de consultar seu colega neurocirurgião, analisou junto com ele meu exame e viu que o que parecia um tumor de graves conseqüências não passava de uma mancha inofensiva? O senhor aceita o fato de que o exame, apesar de ser o mesmo, pode ter seu resultado alterado entre a análise daqui e a que fez em São Paulo? Ou prefere admitir que o senhor e o japonês erraram feio ao diagnosticar com tamanha certeza um tumor?

— Você está se tornando agressivo, Rony, e isso não é bom.

— Eu só questionei um fato, doutor. Não vejo onde está a agressividade.

— É verdade que tanto eu como o dr. Takashi analisamos detalhadamente seu exame antes de fornecer nosso diagnóstico. Não sou um especialista, mas o "japonês", como você o chama, é uma autoridade no assunto. Sinceramente, é um erro incomum em se tratando de quem o cometeu.

— E por que, confiando tanto no tal do dr. Takashi, o senhor preferiu optar pela segunda opinião, ou seja, a de seu colega de São Paulo?

— Bem, Rony, ao ouvir do meu colega que aquilo não era um tumor, mas uma mancha provocada talvez por uma calcificação, estávamos dentro de um dos mais conceituados hospitais do país, apesar de lá eu também ter percebido que não se tratava de um tumor; ainda assim, ouvimos a opinião de mais dois especialistas e ficou confirmado que felizmente você não possuía nenhuma anormalidade física na cabeça.

— Gostei da "anormalidade física" — disse.

Ele sorriu ao ouvir minha observação e concluiu a sessão dizendo:

— Rony, por hoje basta, podemos falar mais amanhã. Faça mais um pouco de relaxamento até que dê a hora de Paola vir buscá-lo.

— Doutor, uma última coisa... Queria saber se seria possível ver Lucy amanhã no hospital em São Paulo.

— Não acho adequado, mas prometo pensar no assunto, contanto que não comente nada com ninguém.

— Não comentarei. Até amanhã.

— Boa tarde, Rony.

Minha sensação, ao deixar a sala do dr. Frederico naquele dia, era a de quem tinha começado a desatar um nó. Estava longe de provar-lhe qualquer coisa sobrenatural, mas havia sentido que em mim o que parecia ser loucura estava tomando a consistência de uma nova maneira de ver o mundo e as pessoas.

Depois do relaxamento, Paola foi me buscar. Naquele dia comecei a sentir que seria possível retomar minha rotina com uma nova filosofia de vida.

DÉCIMO QUARTO DIA

Como de rotina, às sete da manhã eu já estava na clínica. Era meu penúltimo dia de tratamento e havia feito um pedido ao dr. Frederico para ir até São Paulo visitar Lucy, que estava em coma no hospital. Também prometi-lhe não contar a ninguém a respeito do pedido.

Por precaução, pedi a Paola que me aguardasse um pouco, pois talvez precisasse do carro depois que falasse com o médico. Ela achou estranho, mas esperou.

Depois dos três dias de folga, a clínica voltara a funcionar normalmente e Anna encontrava-se na recepção, sempre amável. Cumprimentei-a, indagando em seguida se o dr. Frederico já chegara.

— Sim, ele já chegou. Um minutinho só que vou anunciá-lo.

Em seguida, me mandou entrar. Cumprimentei o dr. Frederico com um aperto de mão e, antes de me sentar, informei que tinha pedido a Paola para aguardar no carro enquanto o consultava a respeito da permissão para visitar Lucy. Disse-lhe que podia ficar tranqüilo e que minha mulher nada sabia sobre aquele assunto.

— Muito bem, Rony. Pode dispensá-la.

— Isso quer dizer que não vai permitir que visite Lucy?

— Calma, Rony. Discutiremos mais a respeito. Se chegarmos à conclusão de que você deve ir, não será no seu carro, por isso pode liberar sua esposa.

Saí da sala para avisar Paola que não seria necessário esperar mais e encontrei-a conversando com Anna na sala de espera. Falamos rapidamente e voltei para a sala do médico.

— Diga-me, Rony. Qual é o significado que essa visita tem para você?

— Conheci Lucy aqui em sua clínica há menos de 15 dias. Nunca a tinha visto antes, nem em fotografia. Apesar de o senhor ter certeza de que isso é fruto de minha imaginação, se me permitir ver seu rosto pessoalmente, mesmo em estado de coma, confirmarei ou abandonarei a idéia de que ela é realmente a pessoa que me visita aqui na clínica.

— Rony, sua explicação não podia ser menos convincente! Esperava um argumento mais plausível; porém, visualizo uma oportunidade para que confirme pessoalmente o quanto é impossível ela ter vindo aqui falar com você no estado em que se encontra. Falei com a dra. Cris a respeito da visita e pedi que o levasse até São

Paulo, ao hospital em que está Lucy. Vocês devem ser breves e retornar para clínica o mais rápido possível. A dra. Cris já deve estar chegando. Passei-lhe todas as instruções de como proceder, pois estou fazendo algo fora dos padrões; portanto, peço que siga atentamente as orientações que ela lhe der.

— Fique tranqüilo. Não vai se arrepender nem um minuto — garanti.

— Então pode ir. E veja se põe de uma vez essa cabeça para funcionar! — ele disse.

Enquanto deixava a sala do dr, Frederico, vi a dra. Cris entrando. Ela me cumprimentou e pediu que a aguardasse na sala de espera enquanto falava com o médico. Em menos de cinco minutos, estávamos em seu carro, com destino a São Paulo. Ela parecia tranqüila porém surpresa com o fato de eu ter conseguido permissão para visitar Lucy.

Ainda não eram oito horas da manhã e já estávamos pegando a estrada de Santos para São Paulo. A dra. Cris dirigia com prudência, porém, ágil no trânsito, o que permitiu que em menos de uma hora e meia chegássemos ao hospital.

Ao percorrermos um trecho de mais ou menos 40 quilômetros, durante o qual a dra. Cris fez uma surpreendente revelação — afirmando sentir-se de certa forma responsável pelo caso de Lucy —, percebi que ela foi se transformando de uma médica segura em uma pessoa confusa. Ofereci-me para dirigir, caso não estivesse se sentindo bem. Apesar de tentar me tranqüilizar, dizendo que estava tudo sob controle, parou o carro na primeira oportunidade, em uma área de estacionamento, e aceitou que eu seguisse dirigindo. Usava óculos escuros, mas não conseguia disfarçar ao enxugar as lágrimas que insistiam em cair. Perguntei se ela estava se sentindo constrangida por ir visitar Lucy. Ela explicou então que, desde a transferência de Lucy para São Paulo, há cerca de seis meses, ela e o dr. Frederico nunca passaram uma semana sem ir até o hospital visitá-la.

— Sem querer ser indiscreto, qual é o motivo do choro? — perguntei.

— Rony, não sei se deveria comentar isso com você, mas senti uma confiança estranha ao vê-lo. Tentei de todas as formas manter somente meu lado profissional envolvido no seu tratamento, porém existe algo superior à minha razão. Sinto que estou sendo conduzida por uma força acima do que posso compreender. Quando escolhi a clínica do dr. Frederico para trabalhar, fui movida, primeiro, pela admiração que sentia ao vê-lo proferir palestras em um curso que freqüentava. Depois, pela forma carinhosa que ele me dispensava, não só durante o curso, mas também quando o procurava na clínica para tirar dúvidas profissionais. Fomos nos tornando amigos e um dia, há cerca de oito meses, ele me convidou para trabalhar na clínica. Aceitei prontamente, pois acho que já estava apaixonada por ele.

A dra. Cris prosseguiu seu relato:

— Lucy era paciente dele e os boatos que corriam na clínica apontavam para um possível caso de amor entre os dois. No começo, achei que não passavam de boatos. Dona Isaura sempre tratou o doutor como se fosse um Deus. Qualquer pessoa que se aproximasse mais dele, principalmente do sexo feminino, era motivo suficiente para ela se preocupar. O dr. Frederico teve uma decepção amorosa com a mulher com quem se casou logo ao se formar. Ele jamais toca no assunto. Dona Isaura conhece o problema, mas também mantém total sigilo a respeito. Ele devia ter cerca de 28 anos quando se separou da mulher, mas até hoje, quase 25 anos depois, parece não ter assimilado bem o fato — tanto é que nunca mais se casou nem manteve, durante todo esse tempo, qualquer relacionamento mais sério.

— Eles tinham filhos quando se separaram, doutora?

— Não, ficaram casados menos de dois anos.

— Ela ainda mora em Santos?

— Pelo que sei, era do sul do país e foi embora assim que se separaram.

— Mas por que, então, você se sente culpada pelo que houve com Lucy?

— O dr. Frederico se ausentou da clínica por dois dias e me pediu para atender Lucy durante sua ausência. Havia me orientado sobre o problema dela, assim como o de outros pacientes. No dia da consulta, ela parecia não me tratar como médica, mas como uma rival, tanto que chegou a dizer que, sendo eu da mesma idade, seria perda de tempo a sessão. Eu também não me sentia à vontade em analisá-la. Confesso que sentia ciúme do seu relacionamento com Frederico... Perdoe-me, quis dizer com o dr. Frederico.

— Tudo bem, doutora. Não há como esconder que em particular dispensam o tratamento formal.

— Rony, parece que invertemos a ordem das coisas. Vim para acompanhá-lo como médica, mas parece que acabei falando muito sobre minha vida.

— Bom, vejo da seguinte forma: essa conversa pode estar nos levando à solução de dois problemas de uma só vez — o meu e o seu.

Estávamos próximos do hospital em que Lucy fora internada. Combinamos que concluiríamos a conversa sobre o que se passara entre elas ao retornarmos para Santos.

O hospital, um dos mais conceituados do país, era bem familiar para a dra. Cris, pois logo na recepção foi reconhecida por uma funcionária que tomou providências imediatas para tornar possível nossa ida ao quarto.

Ao ver Lucy, não me restou qualquer dúvida de que era a mesma pessoa que tinha se tornado minha amiga na clínica. Por alguns momentos, pensei que ela só estivesse dormindo; aos poucos, porém, percebi a gravidade do quadro clínico.

Estávamos bem próximos da cama em que Lucy, em estado de coma, recebia o melhor tratamento possível, dentro das condições em que se encontrava.

Novamente, percebi que algo passou a incomodar a dra. Cris. Não senti nenhuma emoção. Sabia que aquele corpo pertencia a alguém que podia optar por voltar à vida ou simplesmente desistir dela.

Saímos do hospital sem que a dra. Cris conseguisse alterar seu estado de espírito. Ela voltava a demonstrar o mesmo desequilíbrio emocional que tomara conta dela durante a viagem.

Sugeri que fôssemos a um lugar tranqüilo que conhecia ali por perto. Lá poderíamos fazer um lanche, conversar um pouco e depois retornaríamos para Santos. Tínhamos tempo de folga e chegaríamos de volta à clínica antes da previsão inicial que era por volta das duas horas da tarde. Ela concordou e explicou-me que não se sentia bem, salientando que seu mal-estar não era físico, mas de fundo emocional.

O lugar que eu sugerira estava praticamente vazio, então foi possível escolher uma mesa em um local tranqüilo. Ao sentarmos, ela retomou o assunto a respeito do que ocorrera entre ela e Lucy.

O fato foi que, apesar de ter sido advertida pelo dr. Frederico para não receitar um determinado medicamento a Lucy, já que em outra ocasião ela fizera uso inadequado dele, a dra. Cris disse ter cedido à insistência da paciente e passado uma receita para uma caixa do tal medicamento. Não se sabe como, mas Lucy acabou conseguindo junto à farmácia uma dose bem maior do que a subscrita, o que permitiu que acabasse tendo uma overdose.

— Pelo que entendi, você receitou uma quantidade de medicamento que não oferecia risco; mesmo que o uso não fosse feito de forma adequada, não poderia ter provocado nela uma lesão tão séria. Por que, então, o sentimento de culpa? Você não teve responsabilidade no ocorrido.

— Realmente, ao medicá-la fui prudente, mas ela acabou usando a receita que lhe dei para obter o medicamento na quantidade que lhe provocou coma profundo.

— Toda vez que vem visitá-la, você fica deprimida assim? — perguntei.

— Não, Rony. Esta é a primeira vez que me sinto desse jeito.

— Pode parecer loucura o que vou lhe dizer, mas acho que Lucy está junto com você.

— Como assim, Rony? Junto comigo?

— Quando me senti mal na balsa naquele dia, na realidade estava recebendo uma forte energia; meu primo que acabara de falecer em Minas me procurou, provocando em mim uma sensação semelhante à que você disse estar sentindo agora. Passei a ficar mais sensível a esses fenômenos; assim, posso lhe dizer sem medo de errar que sinto em você a presença de Lucy.

— Rony, você está me deixando assustada com essa conversa.

— No início também ficava assustado e confuso; hoje vejo tudo de maneira natural. É como se tivéssemos um sonho, ou mesmo um pensamento, que se confundisse com a realidade.

— Vamos voltar para Santos, Rony, senão o dr. Frederico pode ficar preocupado.

Pagamos o lanche e ela pediu que dirigisse na volta. Parecia não querer continuar a falar sobre Lucy e respeitei sua posição.

A estrada estava livre; assim, para chegar à clínica, não levaríamos mais de uma hora e meia de viagem. Naquela época, não existia telefone celular e havíamos ficado quase uma hora na lanchonete após deixar o hospital.

Se somássemos o tempo que levamos viajando até Santos, ficamos mais de duas horas e meia sem qualquer contato com a clínica.

Em um determinado momento, chamei por engano a dra. Cris de Lucy. Minha falha ao trocar o nome das duas provocou nela uma irritação seguida de um acesso de choro incontrolável. Desculpei-me afirmando que não tivera intenção de ofendê-la. Ela reconheceu que sua reação estava sendo algo fora de controle e disse que tentaria relaxar até a chegada a Santos. Como o estado emocional dela exigia, tomei cuidado para evitar outro comentário que a fizesse se sentir mal.

Ao chegar à clínica, percebi que havia um certo clima de ansiedade no ar. Anna apressou-se em mandar que entrássemos na sala do dr. Frederico. A impaciência dele estava estampada em seu rosto, ainda de pé ao lado da mesa em que falava ao telefone. Fez um gesto para que nos sentássemos, colocou o telefone no gancho e sentou-se.

Ao perceber os olhos inchados da médica, não conteve a curiosidade e perguntou:

— O que houve com você?

— Fique tranqüilo, foi apenas um mal-estar. Você tem um tranqüilizante, Frederico?

— Parece ter visto um fantasma, Cris.

O diálogo trocado com emoção entre os dois mostrou que a formalidade ficara de lado, apesar de minha presença na sala.

— Rony, pode me contar o que aconteceu na viagem?

Ela interveio, afirmando que seu problema não tivera relação com nada que acontecera durante a viagem, nem a visita ao hospital.

Ele parecia estar transtornado e, num gesto estranho, fez a seguinte pergunta:

— Algum de vocês, depois de deixar o hospital em São Paulo, fez contato por telefone ou falou com alguém?

A dra. Cris afirmou que estivemos junto o tempo todo e que nenhum de nós tinha falado pessoalmente ou por telefone com quem quer que fosse. Perguntei então ao dr. Frederico:

— Sua preocupação é saber se tomamos conhecimento da morte física de Lucy?

— Então vocês tiveram essa informação? — disse ele, surpreso.

— O que está acontecendo? — perguntou ela, espantada.

— Seu mal-estar, doutora, foi semelhante ao que tive. Você sentiu a morte de Lucy por meio de uma energia muito forte. Eu não quis dizer nada antes de chegar aqui, pois temi sua reação.

— Isso é pura bobagem — disse o dr. Frederico, já totalmente tomado pela emoção.

— Doutor, está cada vez mais claro para mim que o senhor tem medo de enfrentar algumas sensações; porém, é evidente sua dificuldade cada vez maior em evitá-las.

A médica ouvia nossa conversa sem condições emocionais de tomar qualquer partido.

— Ora, rapaz, você é quem está em tratamento aqui na minha clínica, não eu. Como pode questionar minha sanidade dessa maneira?

— Da mesma maneira que me encheu de medicamentos e até me deu choques — respondi.

— Agora você está querendo questionar meu tratamento! Pois fique sabendo que gozo de um ótimo conceito com pacientes e colegas e não admito que um leigo venha dizer como devo tratar um paciente.

— Quer dizer que estou dispensado?

— Quero dizer que não posso aceitar mais você como meu paciente daqui para frente.

— O que foi? Perdeu a autoconfiança, doutor?

— Perdi foi a paciência com toda essa besteira. Você chegou a me chamar de dr. Armando, de Lucy e de outros nomes que nem me lembro mais. Acho que está tentando brincar com coisa séria.

— Está me dando alta?

— Se não fosse toda essa confusão agravada pela morte de Lucy, o certo era internar você!

— Pois penso diferente. Cheguei à sua clínica de noite, desesperado e totalmente confuso. O senhor me tratou com dedicação e com todo conhecimento acumulado nesses seus longos anos de experiência como médico. Aqui dentro acabei encontrando mais do que remédio; encontrei pessoas dispostas a me ajudar. Se tivesse agido friamente, o senhor não teria se dirigido até a clínica em uma noite de feriado para atender a um desconhecido. Naquele dia, portava-me como um maluco e confesso que falava com pessoas sem sequer saber distinguir quem eram. Fui medicado e orientado. O resto que o senhor nega em aceitar veio por meio da energia positiva de sua clínica. Aceitando ou não, carrega consigo, além de seus conhecimentos científicos, o dom de ouvir seu coração. Aliás, tenho um recado para repassar, que ouvi aqui mesmo em sua clínica e cheguei até a pensar que o estava ouvindo do senhor: "Faça como um homem que amou além de sua existência; isso possibilita que nosso amor seja eterno. Esse homem veio aqui e pregou que amássemos o próximo como a nós mesmos, o que deixa claro que, para amar de fato outro ser humano, primeiro precisamos possuir o amor dentro de nós".

Sem dar chance de resposta, continuei:

— Aprendi mais nesses dias em que aqui estive do que pude imaginar ser possível em toda a minha vida. Ao deixar sua clínica hoje não quero despedida. Levarei comigo aprendizados e memórias que pretendo utilizar em todos os momentos de minha existência. Deixo com o senhor meu respeito e minha admiração, independentemente de nosso ponto de vista divergente. Foi por meio de sua certeza de que só existe aquilo que se pode provar que criei a minha: a de que existe também o que se pode sentir. Não tenho o direito nem a obrigação de tentar mudar sua opinião, mas me sinto seguro em afirmar que não há delírio nem loucura na minha.

A dra. Cris, tomada de grande emoção, me abraçou chorando e prometeu que passaria a ser uma investigadora incansável na busca de fenômenos paranormais.

O dr. Frederico disse não ter nada a comentar, desculpou-se por ter se alterado tanto, justificando que a coincidência de nossa visita, seguida da morte de Lucy, o deixaram bastante alterado. Perguntou se eu retornaria logo a Minas. Afirmei que pretendia deixar Santos no outro dia, antes do almoço.

— Rony, apesar de tudo que aconteceu, podemos ter uma última conversa amanhã, antes de você seguir viagem?

Concordei, mas pedi-lhe e à doutora que não fizessem nenhum comentário com outras pessoas da clínica a respeito de que aquele seria meu último dia de tratamento. Ambos concordaram e deixei a clínica com a promessa de voltar no outro dia pela manhã, para a última sessão.

Décimo Quinto Dia

Acordei antes de amanhecer. Chamei por Paola, que dormia ao meu lado, e expliquei-lhe que já tinha conhecimento da morte de Marcos. Ela me perguntou, meio sonâmbula, se ficara sabendo na clínica. Pedi a ela que ficasse tranqüila. Eu estava me sentindo muito bem e iríamos viajar de volta a Minas pela manhã.

Sentindo que estava em meu juízo perfeito, ela não fez objeção alguma, mas questionou se ainda não faltava um dia para o término do tratamento. Expliquei então que teria apenas mais uma conversa com o dr. Frederico pela manhã. Em seguida, voltaria para buscá-la junto com as crianças e meus pais.

Naquele dia, eu mesmo dirigi até a clínica, enquanto minha esposa fazia os preparativos para nossa viagem de volta.

Ao chegar, a atendente Anna perguntou por que tinha chegado mais tarde do que de costume. Expliquei que naquele dia passaria pouco tempo na clínica e perguntei se o dr. Frederico estava atendendo alguém naquele momento. Ela então comentou que, em razão da morte de Lucy, ele a orientara a dispensar os pacientes. Após receber a autorização, informou que podia entrar.

— Você me parece bem disposto, Rony — disse o médico.

— Estou entusiasmado com a idéia de voltar a Minas e retomar minha vida — respondi.

— Rony, se continuar o tratamento com um bom profissional, posso garantir que nunca mais sentirá a confusão que o levou a todo esse sofrimento. Tenho aqui a indicação de alguns colegas que moram na sua região e que podem ajudá-lo.

— Obrigado, doutor. Seguirei suas indicações. Por favor, não leve a mal o que lhe disse ontem.

— Rony, estamos sempre aprendendo. Coisas novas surgem a cada momento e é isso que faz a vida mais interessante. E, se o deixa satisfeito, gostaria de contar que resolvi assumir meu romance com a dra. Cris.

— Parabéns, doutor Frederico! Tenho certeza de que fez a opção certa e ela não esconde que o ama muito.

— Já falamos bastante de mim. E você? Está confiante de ter conseguido superar a crise?

— Totalmente. Como tínhamos combinado ontem, não quero despedidas; apenas gostaria de ficar sozinho na sala de meditação por algum tempo antes de partir.

— Fique à vontade, a casa é sua — disse o médico.

— Então, até qualquer dia, doutor Frederico — disse por fim.

— Boa sorte, Rony!

Ao sair da sala, avisei Anna de que fora autorizado a utilizar a sala de meditação. No caminho, encontrei dona Isaura e recebi dela um forte abraço. Brinquei que iria visitá-la na sala de choques. Ela sorriu e disse que eu já estava curado.

Assim que entrei na sala de meditação, fechei a porta e pude sentir a presença de todos os meus guias. A sensação foi a de que estavam todos de mãos dadas, formando um círculo e à minha espera para compor o grupo. Em seguida a voz de meu avô iniciou uma espécie de oração e foi logo acompanhada por todos:

Precisamos encontrar explicações. Primeiro precisamos de alguém que nos explique como somos selecionados para nascer. Precisamos que alguém nos explique quem de fato determina quando, onde e por meio do que exatamente conheceremos este mundo. Se vamos nascer completos, ou se seremos obrigados, durante a vida, a desenvolver a peça deficiente que por ventura tenha vindo conosco. Fomos colocados neste mundo com a abundância de matéria? Teremos somente o básico para sobreviver? Ou ainda haverá tanta escassez de matéria em nossa vida que até fome e sede passaremos? Quem pode dizer se compartilharemos, nesta vida, a companhia de pessoas que cultivam o amor, ou se, ao contrário, seremos companheiros dos que sentem ódio? Nascemos e um dia nosso fim chegará, ou alguém pode dizer que isso não acontecerá? Onde encontrar explicações para tanta diferença entre milhões de seres humanos, cada um procurando encontrar a verdadeira direção a tomar?

Todos iniciaram sua jornada de um único ser. Independente de teorias, estudos e crenças, o que se pode provar é que, uma vez humano, a origem é uma só. Nessa mistura de sentimentos opostos, de condições totalmente desiguais e de contradições, era de se esperar o fim dos tempos. A resposta para todas essas dúvidas e outras não citadas é que existe um único e verdadeiro Mestre, que também é o Pai e criador de tudo. Que prometeu que, enquanto ainda existisse um filho seu, criado a sua imagem e semelhança, sua presença e proteção o acompanhariam.

Sejamos então suficientemente humildes para aceitar sua presença em cada um de nós e, como Ele ensinou, acreditar que dentro de nós existe todo o poder necessário para decidir o que fazer da dádiva que nos permite ser feliz aqui e agora.

Ao terminar de me contar esta história, Rony afirmou tê-la guardado por vários anos e me autorizou a escrevê-la neste livro. Garantiu que enfrentou todas as dificuldades e alegrias de sua vida sem jamais ter se sentido confuso novamente. Pediu que trocasse os lugares e os nomes para evitar especulações.

Como ele, também creio que temos sempre a companhia de grandes amigos e estaremos recebendo outros novos, com idéias precisas, para as utilizarmos a cada momento de nossa vida.

Se soubermos traduzir de forma produtiva o que eles nos ensinam, poderemos até chegar à conclusão de que já é perfeito o que às vezes lutamos tanto para modificar.

Sobre o Autor

Nasci em Paraíso, nas Minas Gerais, fui criado no Purgatório e hoje moro em um Paraíso no Nordeste brasileiro. Sou, portanto, uma pessoa que muda muito de lugar sem perder de vista o Sol e a Lua.

Meus cabelos estão cada vez menos castanhos, pois alguns brancos começam a aparecer. Sou magro, alto e de nariz avantajado — consumo mais oxigênio.

Em 1975, casei com uma jovem que me acompanha até hoje — não sei bem como — e com ela tive três filhos. O mais velho já me deu uma neta e as outras duas já se casaram, mas até agora preferiram não perpetuar a espécie.

O fato marcante ocorrido em minha infância foi quando pedi a uma irmã mais velha uma azeitona e ela encheu uma colher com pimenta-verde. Foram três dias tomando sopa de canudinho...

Percebi que virei adulto quando, aos vinte anos, me tornei pai. Tive várias atividades: coroinha, estudante (não praticante), mas sempre gostei mesmo foi de fazer e vender coisas com que as pessoas sonham.

Voltando um pouco atrás, minha herança genética mais próxima é a de meu avô materno — dr. Arnaldo, médico, poeta, boêmio e espírita. Ele já está em outro plano faz tempo, mas isso não impede que a gente converse bastante, muito pelo contrario. Somos grandes companheiros. Brincalhão por natureza, ele pensa que ainda sou criança e como pimenta no lugar de azeitona. De vez em quando apronta alguma comigo, mas posso garantir que já me levou a lugares de fazer inveja a muita gente.

Por meio dos seus ensinamentos aprendi que, além do Paraíso em que nasci, do Purgatório no qual já vivi e do esplêndido lugar em que vivo agora, só depende de mim *saber viver*.

Se quiserem saber mais a meu respeito e como penso, leiam o que escrevo. Todos os meus personagens, sejam reais ou imaginários, trazem um pouco de mim e muito do que acho que ainda serei um dia.

J. Ruy